Eduard Mörike

Hundert Gedichte

Herausgegeben von
Reiner Wild

Aufbau-Verlag

ISBN 3-351-03009-6

1. Auflage 2004

Einbandgestaltung Henkel/Lemme
Typographie Peter Birmele
Druck und Binden Kösel GmbH & Co. KG, Kempten
Printed in Germany

www.aufbau-verlag.de

Inhalt

Primel und Stern und Syringe …

Sagt, wo der Liebe Heimat ist,
Ihr Anfang, ihr Ende?

Nicht geheuer muß es sein …

Das ist auch wohl Poesie …

Denk es, o Seele!

O Muse, du hast mein Herz berührt

Anhang

Primel und Stern und Syringe …

An einem Wintermorgen, vor Sonnenaufgang

O flaumenleichte Zeit der dunkeln Frühe!
Welch neue Welt bewegest du in mir?
Was ist's, daß ich auf einmal nun in dir
Von sanfter Wollust meines Daseins glühe?

Einem Kristall gleicht meine Seele nun,
Den noch kein falscher Strahl des Lichts getroffen;
Zu fluten scheint mein Geist, er scheint zu ruhn,
Dem Eindruck naher Wunderkräfte offen,
Die aus dem klaren Gürtel blauer Luft
Zuletzt ein Zauberwort vor meine Sinne ruft.

Bei hellen Augen glaub ich doch zu schwanken;
Ich schließe sie, daß nicht der Traum entweiche.
Seh ich hinab in lichte Feenreiche?
Wer hat den bunten Schwarm von Bildern und
Gedanken
Zur Pforte meines Herzens hergeladen,
Die glänzend sich in diesem Busen baden,
Goldfarbgen Fischlein gleich im Gartenteiche?

Ich höre bald der Hirtenflöten Klänge,
Wie um die Krippe jener Wundernacht,
Bald weinbekränzter Jugend Lustgesänge;
Wer hat das friedenselige Gedränge
In meine traurigen Wände hergebracht?

Und welch Gefühl entzückter Stärke,
Indem mein Sinn sich frisch zur Ferne lenkt!
Vom ersten Mark des heutgen Tags getränkt,
Fühl ich mir Mut zu jedem frommen Werke.

Die Seele fliegt, so weit der Himmel reicht,
Der Genius jauchzt in mir! Doch sage,
Warum wird jetzt der Blick von Wehmut feucht?
Ist's ein verloren Glück, was mich erweicht?
Ist es ein werdendes, was ich im Herzen trage?
– Hinweg, mein Geist! hier gilt kein Stillestehn:
Es ist ein Augenblick, und alles wird verwehn!

Dort, sieh, am Horizont lüpft sich der Vorhang schon!
Es träumt der Tag, nun sei die Nacht entflohn;
Die Purpurlippe, die geschlossen lag,
Haucht, halbgeöffnet, süße Atemzüge:
Auf einmal blitzt das Aug, und, wie ein Gott, der Tag
Beginnt im Sprung die königlichen Flüge!

Er ist's

Frühling läßt sein blaues Band
Wieder flattern durch die Lüfte;
Süße, wohlbekannte Düfte
Streifen ahnungsvoll das Land.
Veilchen träumen schon,
Wollen balde kommen.
– Horch, von fern ein leiser Harfenton!
Frühling, ja du bist's!
Dich hab ich vernommen!

Zitronenfalter im April

Grausame Frühlingssonne,
Du weckst mich vor der Zeit,
Dem nur in Maienwonne
Die zarte Kost gedeiht!
Ist nicht ein liebes Mädchen hier,
Das auf der Rosenlippe mir
Ein Tröpfchen Honig beut,
So muß ich jämmerlich vergehn
Und wird der Mai mich nimmer sehn
In meinem gelben Kleid.

Im Park

Sieh, der Kastanie kindliches Laub hängt noch wie der feuchte
Flügel des Papillons, wenn er die Hülle verließ;
Aber in laulicher Nacht der kürzeste Regen entfaltet
Leise die Fächer und deckt schnelle den luftigen Gang.
– Du magst eilen, o himmlischer Frühling, oder verweilen,
Immer dem trunkenen Sinn fliehst du, ein Wunder, vorbei.

Im Frühling

Hier lieg ich auf dem Frühlingshügel:
Die Wolke wird mein Flügel,
Ein Vogel fliegt mir voraus.
Ach, sag mir, all-einzige Liebe,
Wo du bleibst, daß ich bei dir bliebe!
Doch du und die Lüfte, ihr habt kein Haus.

Der Sonnenblume gleich steht mein Gemüte offen,
Sehnend,
Sich dehnend
In Lieben und Hoffen.
Frühling, was bist du gewillt?
Wann werd ich gestillt?

Die Wolke seh ich wandeln und den Fluß,
Es dringt der Sonne goldner Kuß
Mir tief bis ins Geblüt hinein;
Die Augen, wunderbar berauschet,
Tun, als schliefen sie ein,
Nur noch das Ohr dem Ton der Biene lauschet.

Ich denke dies und denke das,
Ich sehne mich, und weiß nicht recht, nach was:
Halb ist es Lust, halb ist es Klage;
Mein Herz, o sage,
Was webst du für Erinnerung
In golden grüner Zweige Dämmerung?
– Alte unnennbare Tage!

An eine Äolsharfe

Tu semper urges flebilibus modis
Mysten ademptum: nec tibi Vespero
Surgente decedunt amores,
Nec rapidum fugiente Solem.
Hor.

Angelehnt an die Efeuwand
Dieser alten Terrasse,
Du, einer luftgebornen Muse
Geheimnisvolles Saitenspiel,
Fang an,
Fange wieder an
Deine melodische Klage!

Ihr kommet, Winde, fern herüber,
Ach, von des Knaben,
Der mir so lieb war,
Frisch grünendem Hügel.
Und Frühlingsblüten unterweges streifend,
Übersättigt mit Wohlgerüchen,
Wie süß bedrängt ihr dies Herz!
Und säuselt her in die Saiten,
Angezogen von wohllautender Wehmut,
Wachsend im Zug meiner Sehnsucht,
Und hinsterbend wieder.

Aber auf einmal,
Wie der Wind heftiger herstößt,
Ein holder Schrei der Harfe
Wiederholt, mir zu süßem Erschrecken,
Meiner Seele plötzliche Regung;
Und hier – die volle Rose streut, geschüttelt,
All ihre Blätter vor meine Füße!

Im Weinberg

Droben im Weinberg, unter dem blühenden
Kirschbaum saß ich
Heut, einsam in Gedanken vertieft; es ruhte das Neue
Testament halboffen mir zwischen den Fingern im
Schoße,
Klein und zierlich gebunden: (es kam vom treuesten
Herzen –
Ach! du ruhest nun auch, mir unvergessen, im Grabe!)
Lang so saß ich und blickte nicht auf; mit einem da läßt
sich
Mir ein Schmetterling nieder aufs Buch, er hebet und
senket
Dunkele Flügel mit schillerndem Blau, er dreht sich
und wandelt
Hin und her auf dem Rande. Was suchst du, reizender
Sylphe?
Lockte die purpurne Decke dich an, der glänzende
Goldschnitt?
Sahst du, getäuscht, im Büchlein die herrlichste
Wunderblume?
Oder zogen geheim dich himmlische Kräfte hernieder
Des lebendigen Worts? Ich muß so glauben, denn immer
Weilest du noch, wie gebannt, und scheinst wie
trunken, ich staune!
Aber von nun an bist du auf alle Tage gesegnet!
Unverletzlich dein Leib, und es altern dir nimmer die
Schwingen;
Ja, wohin du künftig die zarten Füße wirst setzen,
Tauet Segen von dir. Jetzt eile hinunter zum Garten,
Welchen das beste der Mädchen besucht am frühesten
Morgen,

Eile zur Lilie du – alsbald wird die Knospe sich öffnen
Unter dir; dann küsse sie tief in den Busen: von Stund an
Göttlich befruchtet, atmet sie Geist und himmlisches
Leben.
Wenn die Gute nun kommt, vor den hohen Stengel
getreten,
Steht sie befangen, entzückt von paradiesischer Nähe,
Ahnungsvoll in den Kelch die liebliche Seele
versenkend.

Wald-Idylle

An J. M.

Unter die Eiche gestreckt, im jung belaubten Gehölze
    Lag ich, ein Büchlein vor mir, das mir das lieblichste bleibt.
Alle die Märchen erzählt's, von der Gänsemagd und vom Machandel-
    Baum und des Fischers Frau; wahrlich man wird sie nicht satt.
Grünlicher Maienschein warf mir die geringelten Lichter
    Auf das beschattete Buch, neckische Bilder zum Text.
Schläge der Holzaxt hört ich von fern, ich hörte den Kuckuck,
    Und das Gelispel des Bachs wenige Schritte vor mir.
Märchenhaft fühlt ich mich selbst, mit aufgeschlossenen Sinnen
    Sah ich, wie helle! den Wald, rief mir der Kuckuck wie fremd!
Plötzlich da rauscht es im Laub – wird doch Sneewittchen nicht kommen,
    Oder, bezaubert, ein Reh? Nicht doch, kein Wunder geschieht.
Siehe, mein Nachbarskind aus dem Dorf, mein artiges Schätzchen!
    Müßig lief es in Wald, weil es den Vater dort weiß.
Ehrbar setzet es sich an meine Seite, vertraulich
    Plaudern wir dieses und das, und ich erzähle sofort
Gar ausführlich die Leiden des unvergleichlichen Mädchens,
    Welchem der Tod dreimal, ach, durch die Mutter gedroht.

Denn die eitle, die Königin, haßte sie, weil sie so schön war,
Grimmig, da mußte sie fliehn, wohnte bei Zwergen sich ein.
Aber die Königin findet sie bald; sie klopfet am Hause,
Bietet, als Krämerin, schlau, lockende Ware zu Kauf.
Arglos öffnet das Kind, den Rat der Zwerge vergessend,
Und das Liebchen empfängt, weh! den vergifteten Kamm.
Welch ein Jammer, da nun die Kleinen nach Hause gekehrt sind!
Welcher Künste bedarf's, bis die Erstarrte erwacht!
Doch zum zweitenmal kommt, zum dritten Male, verkleidet,
Kommt die Verderberin, leicht hat sie das Mädchen beschwatzt,
Schnürt in das zierliche Leibchen sie ein, den Atem erstickend
In dem Busen; zuletzt bringt sie die tödliche Frucht.
Nun ist alle Hülfe umsonst; wie weinen die Zwerge!
Ein kristallener Sarg schließet die Ärmste nun ein,
Frei gestellt auf dem Berg, ein Anblick allen Gestirnen;
Unverwelklich ruht innen die süße Gestalt.
– So weit war ich gekommen, da drang aus dem nächsten Gebüsche
Hinter mir Nachtigallschlag herrlich auf einmal hervor,
Troff wie Honig durch das Gezweig und sprühte wie Feuer
Zackige Töne; mir traf freudig ein Schauer das Herz,
Wie wenn der Göttinnen eine, vorüberfliehend, dem Dichter
Durch ambrosischen Duft ihre Begegnung verrät.
Leider verstummte die Sängerin bald, ich horchte noch lange,
Doch vergeblich, und so bracht ich mein Märchen zum Schluß. –

Jetzo deutet das Kind und ruft: »Margrete! da kommt sie
Schon! In dem Korb, siehst du, bringt sie dem Vater die Milch!«
Und durch die Lücke sogleich erkenn ich die ältere Schwester;
Von der Wiese herauf beugt nach dem Walde sie ein,
Rüstig, die bräunliche Dirne; ihr brennt auf der Wange der Mittag;
Gern erschreckten wir sie, aber sie grüßet bereits.
»Haltet's mit, wenn Ihr mögt! es ist heiß, da mißt man die Suppe
Und den Braten zur Not, fett ist und kühle mein Mahl.«
Und ich sträubte mich nicht, wir folgten dem Schalle der Holzaxt;
Statt des Kindes wie gern hätt ich die Schwester geführt!

Freund! du ehrest die Muse, die jene Märchen vor alters
Wohl zu Tausenden sang; aber nun schweiget sie längst,
Die am Winterkamin, bei der Schnitzbank, oder am Webstuhl
Dichtendem Volkswitz oft köstliche Nahrung gereicht.
Ihr Feld ist das Unmögliche; keck, leichtfertig verknüpft sie
Jedes Entfernteste, reicht lustig dem Blöden den Preis.
Sind drei Wünsche erlaubt, ihr Held wird das Albernste wählen;
Ihr zu Ehren sei dir nun das Geständnis getan,
Wie an der Seite der Dirne, der vielgesprächigen, leise
Im bewegten Gemüt brünstig der Wunsch mich beschlich:
Wär ich ein Jäger, ein Hirt, wär ich ein Bauer geboren,
Trüg ich Knüttel und Beil, wärst, Margarete, mein Weib!

Nie da beklagt ich die Hitze des Tags, ich wollte mich herzlich
Auch der rauheren Kost, wenn *du* sie brächtest, erfreun.
O wie herrlich begegnete jeglichen Morgen die Sonne
Mir, und das Abendrot über dem reifenden Feld!
Balsam würde mein Blut im frischen Kusse des Weibes,
Kraftvoll blühte mein Haus, doppelt, in Kindern empor.
Aber im Winter, zu Nacht, wenn es schneit und stöbert am Ofen,
Rief' ich, o Muse, dich auch, märchenerfindende, an!

Tag und Nacht

Schlank und schön ein Mohrenknabe
Bringt in himmelblauer Schürze
Manche wundersame Gabe,
Kühlen Duft und süße Würze.
Wenn die Abendlüfte wehen,
Naht er sachte, kaum gesehen,
Hat ein Harfenspiel zur Hand.

Auch der Saiten sanftes Tönen
Kann man nächtlich lauschend hören;
Doch scheint alles seiner Schönen,
Ungetreuen, zu gehören;
Und er wandelt, bis am Haine,
Bis am See und Wiesenraine
Er die Spur der Liebsten fand.

Wohl ein Lächeln mag sich leise
Dann ins ernste Antlitz neigen,
Weiße Zähne, glänzend weiße,
Sich wie Sternenlichter zeigen.
Doch ihn faßt ein reizend Bangen,
Kommt von ferne Sie gegangen,
Und er sucht sein dunkles Haus.

Liebchen tritt von Bergeshöhen
In das Tal: da wird es Freude!
Wald und Flur wie neu erstehen
Vor dem Kind im Rosenkleide;
Alles drängt sich nach der Süßen,
Alt und jung will sie begrüßen,
Nur der Knabe bleibet aus.

Und doch ist ein tiefes Ahnen
Von dem Fremdling ihr geblieben;
Wie ein Traum will sie's gemahnen
An ein früh gehegtes Lieben.
Glänzen dann auf allen Wegen
Schmuck und Perlen ihr entgegen,
Denkt sie wohl, wer es gebracht.

Schnell den Schleier vorgezogen,
Steht das Töchterchen in Tränen,
Und der Mutter Friedensbogen
Neigt sich tauend ihrem Sehnen;
Erd und Himmel haben Frieden,
Aber ach, *sie* sind geschieden,
Sind getrennt wie *Tag* und *Nacht*.

Nachts am Schreibepult

Primel und Stern und Syringe, von einsamer Kerze beleuchtet,
Hier im Glase, wie fremd blickt ihr, wie feenhaft, her!
Sonne schien, als die Liebste euch trug, da wart ihr so freudig:
Mitternacht summt nun um euch, ach! und kein Liebchen ist hier.

Gesang zu zweien in der Nacht

Sie:

Wie süß der Nachtwind nun die Wiese streift,
Und klingend jetzt den jungen Hain durchläuft!
Da noch der freche Tag verstummt,
Hört man der Erdenkräfte flüsterndes Gedränge,
Das aufwärts in die zärtlichen Gesänge
Der reingestimmten Lüfte summt.

Er:

Vernehm ich doch die wunderbarsten Stimmen,
Vom lauen Wind wollüstig hingeschleift,
Indes, mit ungewissem Licht gestreift,
Der Himmel selber scheinet hinzuschwimmen.

Sie:

Wie ein Gewebe zuckt die Luft manchmal,
Durchsichtiger und heller aufzuwehen;
Dazwischen hört man weiche Töne gehen
Von sel'gen Feen, die im blauen Saal
Zum Sphärenklang,
Und fleißig mit Gesang,
Silberne Spindeln hin und wider drehen.

Er:

O holde Nacht, du gehst mit leisem Tritt
Auf schwarzem Samt, der nur am Tage grünet,
Und luftig schwirrender Musik bedienet
Sich nun dein Fuß zum leichten Schritt,
Womit du Stund um Stunde missest,
Dich lieblich in dir selbst vergissest –
Du schwärmst, es schwärmt der Schöpfung Seele mit!

Um Mitternacht

Gelassen stieg die Nacht ans Land,
Lehnt träumend an der Berge Wand,
Ihr Auge sieht die goldne Waage nun
Der Zeit in gleichen Schalen stille ruhn;
   Und kecker rauschen die Quellen hervor,
   Sie singen der Mutter, der Nacht, ins Ohr
      Vom Tage,
   Vom heute gewesenen Tage.

Das uralt alte Schlummerlied,
Sie achtet's nicht, sie ist es müd;
Ihr klingt des Himmels Bläue süßer noch,
Der flüchtgen Stunden gleichgeschwungnes Joch.
   Doch immer behalten die Quellen das Wort,
   Es singen die Wasser im Schlafe noch fort
      Vom Tage,
   Vom heute gewesenen Tage.

Mein Fluss

O Fluß, mein Fluß im Morgenstrahl!
Empfange nun, empfange
Den sehnsuchtsvollen Leib einmal,
Und küsse Brust und Wange!
– Er fühlt mir schon herauf die Brust,
Er kühlt mit Liebesschauerlust
Und jauchzendem Gesange.

Es schlüpft der goldne Sonnenschein
In Tropfen an mir nieder,
Die Woge wieget aus und ein
Die hingegebnen Glieder;
Die Arme hab ich ausgespannt,
Sie kommt auf mich herzugerannt,
Sie faßt und läßt mich wieder.

Du murmelst so, mein Fluß, warum?
Du trägst seit alten Tagen
Ein seltsam Märchen mit dir um,
Und mühst dich, es zu sagen;
Du eilst so sehr und läufst so sehr,
Als müßtest du im Land umher,
Man weiß nicht wen, drum fragen.

Der Himmel, blau und kinderrein,
Worin die Wellen singen,
Der Himmel ist die Seele dein:
O laß mich ihn durchdringen!
Ich tauche mich mit Geist und Sinn
Durch die vertiefte Bläue hin,
Und kann sie nicht erschwingen!

Was ist so tief, so tief wie sie?
Die Liebe nur alleine.
Sie wird nicht satt und sättigt nie
Mit ihrem Wechselscheine.
– Schwill an, mein Fluß, und hebe dich!
Mit Grausen übergieße mich!
Mein Leben um das deine!

Du weisest schmeichelnd mich zurück
Zu deiner Blumenschwelle.
So trage denn allein dein Glück,
Und wieg auf deiner Welle
Der Sonne Pracht, des Mondes Ruh:
Nach tausend Irren kehrest du
Zur ewgen Mutterquelle!

Besuch in Urach

Nur fast so wie im Traum ist mir's geschehen,
Daß ich in dies geliebte Tal verirrt.
Kein Wunder ist, was meine Augen sehen,
Doch schwankt der Boden, Luft und Staude schwirrt,
Aus tausend grünen Spiegeln scheint zu gehen
Vergangne Zeit, die lächelnd mich verwirrt;
Die Wahrheit selber wird hier zum Gedichte,
Mein eigen Bild ein fremd und hold Gesichte!

Da seid ihr alle wieder aufgerichtet,
Besonnte Felsen, alte Wolkenstühle!
Auf Wäldern schwer, wo kaum der Mittag lichtet
Und Schatten mischt mit balsamreicher Schwüle.
Kennt ihr mich noch, der sonst hieher geflüchtet,
Im Moose, bei süß-schläferndem Gefühle,
Der Mücke Sumsen hier ein Ohr geliehen,
Ach, kennt ihr mich, und wollt nicht vor mir fliehen?

Hier wird ein Strauch, ein jeder Halm zur Schlinge,
Die mich in liebliche Betrachtung fängt;
Kein Mäuerchen, kein Holz ist so geringe,
Daß nicht mein Blick voll Wehmut an ihm hängt:
Ein jedes spricht mir halbvergeßne Dinge;
Ich fühle, wie von Schmerz und Lust gedrängt
Die Träne stockt, indes ich ohne Weile,
Unschlüssig, satt und durstig, weitereile.

Hinweg! und leite mich, du Schar von Quellen,
Die ihr durchspielt der Matten grünes Gold!
Zeigt mir die urbemoosten Wasserzellen,
Aus denen euer ewigs Leben rollt,

Im kühnsten Walde die verwachsnen Schwellen,
Wo eurer Mutter Kraft im Berge grollt,
Bis sie im breiten Schwung an Felsenwänden
Herabstürzt, euch im Tale zu versenden.

O hier ist's, wo Natur den Schleier reißt!
Sie bricht einmal ihr übermenschlich Schweigen;
Laut mit sich selber redend will ihr Geist,
Sich selbst vernehmend, sich ihm selber zeigen.
– Doch ach, sie bleibt, mehr als der Mensch, verwaist,
Darf nicht aus ihrem eignen Rätsel steigen!
Dir biet ich denn, begier'ge Wassersäule,
Die nackte Brust, ach, ob sie dir sich teile!

Vergebens! und dein kühles Element
Tropft an mir ab, im Grase zu versinken.
Was ist's, das deine Seele von mir trennt?
Sie flieht, und möcht ich auch in dir ertrinken!
Dich kränkt's nicht, wie mein Herz um dich entbrennt,
Küssest im Sturz nur diese schroffen Zinken;
Du bleibest, was du warst seit Tag und Jahren,
Ohn ein'gen Schmerz der Zeiten zu erfahren.

Hinweg aus diesem üpp'gen Schattengrund
Voll großer Pracht, die drückend mich erschüttert!
Bald grüßt beruhigt mein verstummter Mund
Den schlichten Winkel, wo sonst halb verwittert
Die kleine Bank und wo das Hüttchen stund;
Erinnrung reicht mit Lächeln die verbittert
Bis zur Betäubung süßen Zauberschalen;
So trink ich gierig die entzückten Qualen.

Hier schlang sich tausendmal ein junger Arm
Um meinen Hals mit inn'gem Wohlgefallen.
O säh ich mich, als Knaben sonder Harm,
Wie einst, mit Necken durch die Haine wallen!

Ihr Hügel, von der *alten* Sonne warm,
Erscheint mir denn auf keinem von euch allen
Mein Ebenbild, in jugendlicher Frische
Hervorgesprungen aus dem Waldgebüsche?

O komm, enthülle dich! dann sollst du mir
Mit Freundlichkeit ins dunkle Auge schauen!
Noch immer, guter Knabe, gleich ich dir,
Uns beiden wird nicht voreinander grauen!
So komm und laß mich unaufhaltsam hier
Mich deinem reinen Busen anvertrauen! –
Umsonst, daß ich die Arme nach dir strecke,
Den Boden, wo du gingst, mit Küssen decke!

Hier will ich denn laut schluchzend liegen bleiben,
Fühllos, und alles habe seinen Lauf! –
Mein Finger, matt, ins Gras beginnt zu schreiben:
Hin ist die Lust! hab alles seinen Lauf!
Da, plötzlich, hör ich's durch die Lüfte treiben,
Und ein entfernter Donner schreckt mich auf;
Elastisch angespannt mein ganzes Wesen
Ist von Gewitterluft wie neu genesen.

Sieh! wie die Wolken finstre Ballen schließen
Um den ehrwürdgen Trotz der Burgruine!
Von weitem schon hört man den alten Riesen,
Stumm harrt das Tal mit ungewisser Miene,
Der Kuckuck nur ruft sein einförmig Grüßen
Versteckt aus unerforschter Wildnis Grüne –
Jetzt kracht die Wölbung, und verhallet lange,
Das wundervolle Schauspiel ist im Gange!

Ja nun, indes mit hoher Feuerhelle
Der Blitz die Stirn und Wange mir verklärt,
Ruf ich den lauten Segen in die grelle
Musik des Donners, die mein Wort bewährt:

O Tal! du meines Lebens andre Schwelle!
Du meiner tiefsten Kräfte stiller Herd!
Du meiner Liebe Wundernest! ich scheide,
Leb wohl! – und sei dein Engel mein Geleite!

Auf der Teck

Hier ist Freude hier ist Lust
Wie ich nie empfunden!
Hier muß eine Menschenbrust
Ganz und gar gesunden!
  Laß denn, o Herz, der Qual
  Froh dich entbinden
  Wirf sie ins tiefste Tal
  Gib sie den Winden!

Mag da drunten jedermann
Seine Grillen haben:
Wer sich hier nicht freuen kann
Lasse sich begraben.
  Laß denn, o Herz, der Qual
  Froh dich entbinden!
  Wirf sie ins tiefste Tal!
  Gib sie den Winden!

Die schöne Buche

Ganz verborgen im Wald kenn ich ein Plätzchen, da stehet
Eine Buche, man sieht schöner im Bilde sie nicht.
Rein und glatt, in gediegenem Wuchs erhebt sie sich einzeln,
Keiner der Nachbarn rührt ihr an den seidenen Schmuck.
Rings, so weit sein Gezweig der stattliche Baum ausbreitet,
Grünet der Rasen, das Aug still zu erquicken, umher;
Gleich nach allen Seiten umzirkt er den Stamm in der Mitte;
Kunstlos schuf die Natur selber dies liebliche Rund.
Zartes Gebüsch umkränzet es erst; hochstämmige Bäume,
Folgend in dichtem Gedräng, wehren dem himmlischen Blau.
Neben der dunkleren Fülle des Eichbaums wieget die Birke
Ihr jungfräuliches Haupt schüchtern im goldenen Licht.
Nur wo, verdeckt vom Felsen, der Fußsteig jäh sich hinabschlingt,
Lässet die Hellung mich ahnen das offene Feld.
– Als ich unlängst einsam, von neuen Gestalten des Sommers
Ab dem Pfade gelockt, dort im Gebüsch mich verlor,
Führt' ein freundlicher Geist, des Hains auflauschende Gottheit,
Hier mich zum erstenmal, plötzlich, den Staunenden, ein.

Welch Entzücken! Es war um die hohe Stunde des Mittags
Lautlos alles, es schwieg selber der Vogel im Laub.
Und ich zauderte noch, auf den zierlichen Teppich zu treten;
Festlich empfing er den Fuß, leise beschritt ich ihn nur.
Jetzo, gelehnt an den Stamm (er trägt sein breites Gewölbe
Nicht zu hoch), ließ ich rundum die Augen ergehn,
Wo den beschatteten Kreis die feurig strahlende Sonne,
Fast gleich messend umher, säumte mit blendendem Rand.
Aber ich stand und rührte mich nicht; dämonischer Stille,
Unergründlicher Ruh lauschte mein innerer Sinn.
Eingeschlossen mit dir in diesem sonnigen Zauber-
Gürtel, o Einsamkeit, fühlt ich und dachte nur dich!

Waldplage

Im Walde deucht mir alles miteinander schön,
Und nichts Mißliebiges darin, so vielerlei
Er hegen mag; es krieche zwischen Gras und Moos
Am Boden, oder jage reißend durchs Gebüsch,
Es singe oder kreische von den Gipfeln hoch,
Und hacke mit dem Schnabel in der Fichte Stamm,
Daß lieblich sie ertönet durch den ganzen Saal.
Ja machte je sich irgend etwas unbequem,
Verdrießt es nicht, zu suchen einen andern Sitz,
Der schöner bald, der allerschönste, dich bedünkt.
Ein einzig Übel aber hat der Wald für mich,
Ein grausames und unausweichliches beinah.
Sogleich beschreib ich dieses Scheusal, daß ihr's kennt;
Noch kennt ihr's kaum, und merkt es nicht, bis unversehns
Die Hand euch und, noch schrecklicher, die Wange schmerzt.
Geflügelt kommt es, säuselnd, fast unhörbarlich;
Auf Füßen, zweimal dreien, ist es hoch gestellt
(Deswegen ich in Versen es zu schmähen auch
Den klassischen Senarium mit Fug erwählt);
Und wie es anfliegt, augenblicklich lässet es
Den langen Rüssel senkrecht in die zarte Haut;
Erschrocken schlagt ihr schnell darnach, jedoch umsonst,
Denn, graziöser Wendung, schon entschwebet es.
Und alsobald, entzündet von dem raschen Gift,
Schwillt euch die Hand zum ungestalten Kissen auf,
Und juckt und spannt und brennet zum Verzweifeln euch
Viel Stunden, ja zuweilen noch den dritten Tag.
So unter meiner Lieblingsfichte saß ich jüngst –
Zur Lehne wie gedrechselt für den Rücken, steigt

Zwiestämmig, nah dem Boden, sie als Gabel auf –
Den Dichter lesend, den ich jahrelang vergaß:
An Fanny singt er, Cidli und den Zürcher See,
Die frühen Gräber und des Rheines goldnen Wein
(O sein Gestade brütet jenes Greuels auch
Ein größeres Geschlechte noch und schlimmres aus,
Ich kenn es wohl, doch höflicher dem Gaste war's). –
Nun aber hatte geigend schon ein kleiner Trupp
Mich ausgewittert, den geruhig Sitzenden;
Mir um die Schläfe tanzet er in Lüsternheit.
Ein Stich! der erste! er empört die Galle schon.
Zerstreuten Sinnes immer schiel ich übers Blatt.
Ein zweiter macht, ein dritter, mich zum Rasenden.
Das holde Zwillings-Nymphen-Paar des Fichtenbaums
Vernahm da Worte, die es nicht bei mir gesucht;
Zuletzt geboten sie mir flüsternd Mäßigung:
Wo nicht, so sollt ich meiden ihren Ruhbezirk.
Beschämt gehorcht ich, sinnend still auf Grausamtat.
Ich hielt geöffnet auf der flachen Hand das Buch,
Das schwebende Geziefer, wie sich eines naht,
Mit raschem Klapp zu töten. Ha! da kommt schon eins!
»Du fliehst! o bleibe, eile nicht, Gedankenfreund!«
(Dem hohen Mond rief jener Dichter zu dies Wort.)
Patsch! Hab ich dich, Kanaille, oder hab ich nicht?
Und hastig – denn schon hatte meine Mordbegier
Zum stillen Wahnsinn sich verirrt, zum kleinlichen –
Begierig blättr' ich: ja, da liegst du plattgedrückt,
Bevor du stachst, nun aber stichst du nimmermehr,
Du zierlich Langgebeinetes, Jungfräuliches!
– Also, nicht achtend eines schönen Buchs Verderb,
Trieb ich erheitert lange noch die schnöde Jagd,
Unglücklich oft, doch öfter glücklichen Erfolgs.

So mag es kommen, daß ein künftger Leser wohl
Einmal in Klopstocks Oden, nicht ohn einiges
Verwundern, auch etwelcher Schnaken sich erfreut.

Am Rheinfall

Halte dein Herz, o Wanderer, fest in gewaltigen Händen!
Mir entstürzte vor Lust zitternd das meinige fast.
Rastlos donnernde Massen auf donnernde Massen geworfen,
Ohr und Auge wohin retten sie sich im Tumult?
Wahrlich, den eigenen Wutschrei hörete nicht der Gigant hier,
Läg er, vom Himmel gestürzt, unten am Felsen gekrümmt!
Rosse der Götter, im Schwung, eins über dem Rücken des andern,
Stürmen herunter und streun silberne Mähnen umher;
Herrliche Leiber, unzählbare, folgen sich, nimmer dieselben,
Ewig dieselbigen – wer wartet das Ende wohl aus?
Angst umzieht dir den Busen mit eins und, *wie* du es denkest,
Über das Haupt stürzt dir krachend das Himmelsgewölb!

Bilder aus Bebenhausen*

1
Kunst und Natur

Heute dein einsames Tal durchstreifend o trautestes
Kloster,
Fand ich im Walde zunächst jenen verödeten Grund,
Dem du die mächtigen Quader verdankst und was dir
zum Schmucke
Deines gegliederten Turms alles der Meister verliehn.
Ganz ein Gebild des fühlenden Geistes verleugnest du
dennoch
Nimmer den Mutterschoß drüben am felsigen Hang.
Spielend ahmst du den schlanken Kristall und die
rankende Pflanze
Nach und so manches Getier, das in den Klüften sich
birgt.

2
Brunnen-Kapelle am Kreuzgang

Hier einst sah man die Scheiben gemalt, und Fenster an
Fenster
Strahlte der dämmernde Raum, welcher ein
Brünnlein umschloß,
Daß auf der tauenden Fläche die farbigen Lichter sich
wiegten,
Zauberisch, wenn du wie heut, herbstliche Sonne,
geglänzt.

* Zisterzienser-Abtei mit einem Weiler, eine Stunde von Tübingen, gegenwärtig Sitz eines Forstamts. Das ehmalige Gasthaus des Klosters, wo der Verfasser einige Wochen zubrachte, ist das Geburtshaus des Naturforschers C. F. v. Kielmeyer, Eigentum und Sommeraufenthalt der Familie desselben.

Jetzo schattest du nur gleichgültig das steinerne Schmuckwerk
Ab am Boden, und längst füllt sich die Schale nicht mehr.
Aber du zeigst mir tröstlich im Garten ein blühendes Leben,
Das dein wonniger Strahl locket aus Moder und Schutt.

3
Ebendaselbst

Eulenspiegel am Kreuzgang, was? der verrufne Geselle
Als Gurtträger? Und wem hält er sein Spiegelchen vor?
Einem entrüsteten Mönch, der ganz umsonst sich ereifert;
Immer nur lachet der Schalk, weist ihm die Eule und lacht.

4
Kapitelsaal

Wieder und wieder bestaun ich die Pracht der romanischen Halle,
Herrliche Bogen, auf kurzstämmige Säulen gestellt.
Rauh von Korn ist der Stein, doch nahm er willig die Zierde
Auch zu der Großheit auf, welche die Massen beseelt.
Nur ein düsteres Halblicht sendet der Tag durch die schmalen
Fenster herein und streift dort ein vergessenes Grab.
Rudolph dem Stifter, und ihr, Mechthildis, der frommen, vergönnte
Dankbar das Kloster, im Port seiner Geweihten zu ruhn.

5
Sommer-Refektorium

Sommerlich hell empfängt dich ein Saal; man glaubt sich in einem
Dom; doch ein heiterer Geist spricht im Erhabnen dich an.
Ha, wie entzückt aufsteiget das Aug im Flug mit den schlanken
Pfeilern! Der Palme vergleicht fast sich ihr luftiger Bau.
Denn vielstrahlig umher aus dem Büschel verlaufen die Rippen
Oben und knüpfen, geschweift, jenes unendliche Netz,
Dessen Felder phantastisch mit grünenden Ranken der Maler
Leicht ausfüllte; da lebt was nur im Walde sich nährt:
Frei in der Luft ein springender Eber, der Hirsch und das Eichhorn;
Habicht und Kauz und Fasan schaukeln sich auf dem Gezweig.
– Wenn von der Jagd herkommend als Gast hier speiste der Pfalzgraf,
Sah er beim Becher mit Lust über sich sein Paradies.

6
Gang zwischen den Schlafzellen

Hundertfach wechseln die Formen des zierlich gemodelten Estrichs
Auf dem Flur des Dorments, rötlich in Würfeln gebrannt:
Rebengewinde mit grüner Glasur und bläulichen Trauben,
Täubchen dabei, paarweis, rings in die Ecken verteilt;

Auch dein gotisches Blatt, Chelidonium, dessen lebendig
Wucherndes Muster noch heut draußen die Pfeiler begrünt;
Auch, in heraldischer Zeichnung, erscheint vielfältig die Lilie,
Blume der Jungfrau, weiß schimmernd auf rötlichem Grund.
Alles mit Sinn und Geschmack, zur Bewunderung! aber auch alles
Fast in Trümmern, und nur seufzend verließ ich den Ort.

7
Stimme aus dem Glockenturm

Ich von den Schwestern allein bin gut katholisch geblieben;
Dies bezeugt euch mein Ton, hoff ich, mein goldener, noch.
Zwar ich klinge so mit, weil ich muß, sooft man uns läutet,
Aber ich denke mein Teil, wißt es, im stillen dabei.

8
Am Kirnberg

Hinter dem Bandhaus* lang hin dehnt sich die Wiese nach Mittag,
Längs dem hügligen Saum dieser bewaldeten Höhn,
Bis querüber ein mächtiger Damm sich wirft wie mit grünem
Sammet gedeckt: ehdem faßte das Becken den See,

* Küferei und Speicher.

Welcher die Schwelle noch netzte des Pförtleins dort in der Mauer,
Wo am eisernen Ring spielte der wartende Kahn.
Sah ich doch jüngst in der Kirche das Heiligenbild mit dem Kloster
Hinten im Grund: tiefblau spiegelt der Weiher es ab.
Und auf dem Schifflein fahren in Ruh zwei Zisterzienser,
Weiß die Gewänder und schwarz, Angel und Reuse zur Hand.
Als wie ein Schattenspiel, so hell von Farben, so kindlich
Lachte die Landschaft mich gleich und die Gruppe mich an.

9
Aus dem Leben

Mädchen am Waschtrog, du blondhaariges, zeige die Arme
Nicht und die Schultern so bloß unter dem Fenster des Abts!
Der zwar sieht dich zum Glück nicht mehr, doch dem artigen Forstmann
Dort bei den Akten bereits störst du sein stilles Konzept.

10
Nachmittags

Drei Uhr schlägt es im Kloster. Wie klar durch die schwülige Stille
Gleitet herüber zum Waldrande mit Beben der Schall,
Wo er lieblich zerfließt, in der Biene Gesumm sich mischend,
Das mich Ruhenden hier unter den Tannen umgibt.

II
Verzicht

Bleistift nahmen wir mit und Zeichenpapier und das
Reißbrett;
Aber wie schön ist der Tag! und wir verdürben ihn so?
Beinah dächt ich, wir ließen es gar, wir schaun und
genießen!
Wenig verliert ihr, und nichts wahrlich verlieret die
Kunst.
Hätt ich auch endlich mein Blatt vom Gasthaus an und
der Kirche
Bis zur Mühle herab fertiggekritzelt – was ist's?
Hinter den licht durchbrochenen Turm, wer malt mir
dies süße,
Schimmernde Blau, und wer rundum das warme
Gebirg?
– Nein! Wo ich künftig auch sei, fürwahr mit
geschlossenen Augen
Seh ich dies Ganze vor mir, wie es kein Bildchen uns
gibt.

Datura suaveolens

Ich sah eben ein jugendlich Paar, o Blume Dianas,
Vor dir stehen; es war Wange an Wange gelegt.
Beide sie schlürften zugleich den unnennbaren Duft aus dem weiten,
Schneeigen Becher und leis hört ich ein doppeltes Ach!
»Küsse mich!« sagte sie jetzt, und mitten im Strome des Nektars
Atmend wechselten sie Küsse, begeisterten Blicks.
– Zürn, o Himmlische, nicht! Du hast fürwahr zu den Gaben
Irdischer Liebe den Hauch göttlicher Schöne gemischt.

Septembermorgen

Im Nebel ruhet noch die Welt,
Noch träumen Wald und Wiesen:
Bald siehst du, wenn der Schleier fällt,
Den blauen Himmel unverstellt,
Herbstkräftig die gedämpfte Welt
In warmem Golde fließen.

Auf eine Christblume

I.

Tochter des Walds, du Lilienverwandte,
So lang von mir gesuchte, unbekannte,
Im fremden Kirchhof, öd und winterlich,
Zum erstenmal, o schöne, find ich dich!

Von welcher Hand gepflegt du hier erblühtest,
Ich weiß es nicht, noch wessen Grab du hütest;
Ist es ein Jüngling, so geschah ihm Heil,
Ist's eine Jungfrau, lieblich fiel ihr Teil.

Im nächtgen Hain, von Schneelicht überbreitet,
Wo fromm das Reh an dir vorüberweidet,
Bei der Kapelle, am kristallnen Teich,
Dort sucht ich deiner Heimat Zauberreich.

Schön bist du, Kind des Mondes, nicht der Sonne;
Dir wäre tödlich andrer Blumen Wonne,
Dich nährt, den keuschen Leib voll Reif und Duft,
Himmlischer Kälte balsamsüße Luft.

In deines Busens goldner Fülle gründet
Ein Wohlgeruch, der sich nur kaum verkündet;
So duftete, berührt von Engelshand,
Der benedeiten Mutter Brautgewand.

Dich würden, mahnend an das heilge Leiden,
Fünf Purpurtropfen schön und einzig kleiden:
Doch kindlich zierst du, um die Weihnachtszeit,
Lichtgrün mit einem Hauch dein weißes Kleid.

Der Elfe, der in mitternächtger Stunde
Zum Tanze geht im lichterhellen Grunde,
Vor deiner mystischen Glorie steht er scheu
Neugierig still von fern und huscht vorbei.

II.

Im Winterboden schläft, ein Blumenkeim,
Der Schmetterling, der einst um Busch und Hügel
In Frühlingsnächten wiegt den samtnen Flügel;
Nie soll er kosten deinen Honigseim.

Wer aber weiß, ob nicht sein zarter Geist,
Wenn jede Zier des Sommers hingesunken,
Dereinst, von deinem leisen Dufte trunken,
Mir unsichtbar, dich Blühende umkreist?

Sagt, wo der Liebe Heimat ist,
Ihr Anfang, ihr Ende?

Erinnerung

An C. N.

Jenes war zum letzten Male,
Daß ich mit dir ging, o Clärchen!
Ja, das war das letztemal,
Daß wir uns wie Kinder freuten.

Als wir eines Tages eilig
Durch die breiten, sonnenhellen,
Regnerischen Straßen, unter
Einem Schirm geborgen, liefen;
Beide heimlich eingeschlossen
Wie in einem Feenstübchen,
Endlich einmal Arm in Arme!

Wenig wagten wir zu reden,
Denn das Herz schlug zu gewaltig,
Beide merkten wir es schweigend,
Und ein jedes schob im stillen
Des Gesichtes glühnde Röte
Auf den Widerschein des Schirmes.

Ach, ein Engel warst du da!
Wie du auf den Boden immer
Blicktest, und die blonden Locken
Um den hellen Nacken fielen.

»Jetzt ist wohl ein Regenbogen
Hinter uns am Himmel«, sagt ich,
»Und die Wachtel dort im Fenster,
Deucht mir, schlägt noch eins so froh!«

Und im Weitergehen dacht ich
Unsrer ersten Jugendspiele,
Dachte an dein heimatliches
Dorf und seine tausend Freuden.
– »Weißt du auch noch«, frug ich dich,
»Nachbar Büttnermeisters Höfchen,
Wo die großen Kufen lagen,
Drin wir sonntags nach Mittag uns
Immer häuslich niederließen,
Plauderten, Geschichten lasen,
Während drüben in der Kirche
Kinderlehre war – (ich höre
Heute noch den Ton der Orgel
Durch die Stille ringsumher):
Sage, lesen wir nicht einmal
Wieder wie zu jenen Zeiten
– Just nicht in der Kufe, mein ich –
Den beliebten ›Robinson‹?«

Und du lächeltest und bogest
Mit mir um die letzte Ecke.
Und ich bat dich um ein Röschen,
Das du an der Brust getragen,
Und mit scheuen Augen schnelle
Reichtest du mir's hin im Gehen:
Zitternd hob ich's an die Lippen,
Küßt es brünstig zwei- und dreimal;
Niemand konnte dessen spotten,
Keine Seele hat's gesehen,
Und du selber sahst es nicht.

An dem fremden Haus, wohin
Ich dich zu begleiten hatte,
Standen wir nun, weißt, ich drückte
Dir die Hand und –

Dieses war zum letzten Male,
Daß ich mit dir ging, o Clärchen!
Ja, das war das letztemal,
Daß wir uns wie Kinder freuten.

Scherz

Einen Morgengruß ihr früh zu bringen,
Und mein Morgenbrot bei ihr zu holen,
Geh ich sachte an des Mädchens Türe,
Öffne rasch, da steht mein schlankes Bäumchen
Vor dem Spiegel schon und wascht sich emsig.
O wie lieblich träuft die weiße Stirne,
Träuft die Rosenwange Silbernässe!
Hangen aufgelöst die süßen Haare!
Locker spielen Tücher und Gewänder.
Aber wie sie zagt und scheucht und abwehrt!
Gleich, sogleich soll ich den Rückzug nehmen!
»Närrchen«, rief ich, »sei mir so kein Närrchen:
Das ist Brautrecht, ist Verlobtensitte.
Laß mich nur, ich will ja blind und lahm sein,
Will den Kopf und alle beiden Augen
In die Fülle deiner Locken stecken,
Will die Hände mit den Flechten binden –«
»Nein, du gehst!« »Im Winkel laß mich stehen,
Dir bescheidentlich den Rücken kehren!«
»Ei, so mag's, damit ich Ruhe habe!«
Und ich stand gehorsam in der Ecke,
Lächerlich, wie ein gestrafter Junge,
Der die Lektion nicht wohl bestanden,
Muckste nicht und kühlte mir die Lippen
An der weißen Wand mit leisem Kusse,
Eine volle, eine lange Stunde;
Ja, so wahr ich lebe. Doch, wer etwa
Einen kleinen Zweifel möchte haben
(Was ich ihm just nicht verargen dürfte),
Nun, der frage nur das Mädchen selber:
Die wird ihn – noch zierlicher belügen.

Der Gärtner

Auf ihrem Leibrößlein,
So weiß wie der Schnee,
Die schönste Prinzessin
Reit't durch die Allee.

Der Weg, den das Rößlein
Hintanzet so hold,
Der Sand, den ich streute,
Er blinket wie Gold.

Du rosenfarbs Hütlein,
Wohl auf und wohl ab,
O wirf eine Feder
Verstohlen herab!

Und willst du dagegen
Eine Blüte von mir,
Nimm tausend für *eine*,
Nimm alle dafür!

Die Schwestern

Wir Schwestern zwei, wir schönen,
So gleich von Angesicht,
So gleicht kein Ei dem andern,
Kein Stern dem andern nicht.

Wir Schwestern zwei, wir schönen,
Wir haben lichtbraune Haar,
Und flichtst du sie in *einen* Zopf,
Man kennt sie nicht fürwahr.

Wir Schwestern zwei, wir schönen,
Wir tragen gleich Gewand,
Spazieren auf dem Wiesenplan
Und singen Hand in Hand.

Wir Schwestern zwei, wir schönen,
Wir spinnen in die Wett,
Wir sitzen an *einer* Kunkel,
Und schlafen in *einem* Bett.

O Schwestern zwei, ihr schönen,
Wie hat sich das Blättchen gewendt!
Ihr liebet einerlei Liebchen –
Und jetzt hat das Liedel ein End.

Begegnung

Was doch heut nacht ein Sturm gewesen,
Bis erst der Morgen sich geregt!
Wie hat der ungebetne Besen
Kamin und Gassen ausgefegt!

Da kommt ein Mädchen schon die Straßen,
Das halb verschüchtert um sich sieht;
Wie Rosen, die der Wind zerblasen,
So unstet ihr Gesichtchen glüht.

Ein schöner Bursch tritt ihr entgegen,
Er will ihr voll Entzücken nahn:
Wie sehn sich freudig und verlegen
Die ungewohnten Schelme an!

Er scheint zu fragen, ob das Liebchen
Die Zöpfe schon zurechtgemacht,
Die heute nacht im offnen Stübchen
Ein Sturm in Unordnung gebracht.

Der Bursche träumt noch von den Küssen,
Die ihm das süße Kind getauscht,
Er steht, von Anmut hingerissen,
Derweil sie um die Ecke rauscht.

Liebesvorzeichen

Ich stand am Morgen jüngst im Garten
Vor dem Granatbaum sinnend still;
Mir war, als müßt ich gleich erwarten,
Ob er die Knospe sprengen will.

Sie aber schien es nicht zu wissen,
Wie mächtig ihr die Fülle schwoll,
Und daß sie in den Feuerküssen
Des goldnen Tages brennen soll.

Und dort am Rasen lag Jorinde;
Wie schnell bin ich zum Gruß bereit,
Indes sie sich nur erst geschwinde
Den Schlummer aus den Augen streut!

Dann leuchtet dieser Augen Schwärze
Mich an in lieb- und guter Ruh,
Sie hört dem Mutwill meiner Scherze
Mit kindischem Verwundern zu.

Dazwischen dacht ich wohl im stillen:
Was hast du vor? sie ist ein Kind!
Die Lippen, die von Reife quillen,
Wie blöde noch und fromm gesinnt!

Fürwahr, sie schien es nicht zu wissen,
Wie mächtig ihr die Fülle schwoll,
Und daß sie in den Feuerküssen
Des kecksten Knaben brennen soll.

Still überlegt ich auf und nieder,
Und ging so meiner Wege fort;
Doch fand der nächste Morgen wieder
Mich zeitig bei dem Bäumchen dort.

Mein! wer hat ihm in wenig Stunden
Ein solches Wunder angetan?
Die Flammenkrone aufgebunden?
Und was sagt mir dies Zeichen an?

Ich eile rasch den Gang hinunter,
Dort geht sie schon im Morgenstrahl;
Und bald, o Wunder über Wunder!
Wir küßten uns zum erstenmal.

Nun trieb der Baum wohl Blüt auf Blüte
Frisch in die blaue Luft hinaus,
Und noch, seitdem er lang verglühte,
Ging uns das Küssen nimmer aus.

Nimmersatte Liebe

So ist die Lieb! So ist die Lieb!
Mit Küssen nicht zu stillen:
Wer ist der Tor und will ein Sieb
Mit eitel Wasser füllen?
Und schöpfst du an die tausend Jahr,
Und küssest ewig, ewig gar,
Du tust ihr nie zu Willen.

Die Lieb, die Lieb hat alle Stund
Neu wunderlich Gelüsten;
Wir bissen uns die Lippen wund,
Da wir uns heute küßten.
Das Mädchen hielt in guter Ruh,
Wie's Lämmlein unterm Messer;
Ihr Auge bat: nur immer zu,
Je weher, desto besser!

So ist die Lieb, und war auch so,
Wie lang es Liebe gibt,
Und anders war Herr Salomo,
Der Weise, nicht verliebt.

Erstes Liebeslied eines Mädchens

Was im Netze? Schau einmal!
Aber ich bin bange;
Greif ich einen süßen Aal?
Greif ich eine Schlange?

Lieb ist blinde
Fischerin;
Sagt dem Kinde,
Wo greift's hin?

Schon schnellt mir's in Händen!
Ach Jammer! o Lust!
Mit Schmiegen und Wenden
Mir schlüpft's an die Brust.

Es beißt sich, o Wunder!
Mir keck durch die Haut,
Schießt 's Herze hinunter!
O Liebe, mir graut!

Was tun, was beginnen?
Das schaurige Ding,
Es schnalzet da drinnen,
Es legt sich im Ring.

Gift muß ich haben!
Hier schleicht es herum,
Tut wonniglich graben
Und bringt mich noch um!

Rat einer Alten

Bin jung gewesen,
Kann auch mitreden,
Und alt geworden,
Drum gilt mein Wort.

Schöne reife Beeren
Am Bäumchen hangen:
Nachbar, da hilft kein
Zaun um den Garten;
Lustige Vögel
Wissen den Weg.

Aber, mein Dirnchen,
Du laß dir raten:
Halte dein Schätzchen
Wohl in der Liebe,
Wohl im Respekt!

Mit den zwei Fädlein
In eins gedrehet,
Ziehst du am kleinen
Finger ihn nach.

Aufrichtig Herze,
Doch schweigen können,
Früh mit der Sonne
Mutig zur Arbeit,
Gesunde Glieder,
Saubere Linnen,
Das machet Mädchen
Und Weibchen wert.

Bin jung gewesen,
Kann auch mitreden,
Und alt geworden,
Drum gilt mein Wort.

Sehnsucht

In dieser Winterfrühe
Wie ist mir doch zumut!
O Morgenrot, ich glühe
Von deinem Jugendblut.

Es glüht der alte Felsen,
Und Wald und Burg zumal,
Berauschte Nebel wälzen
Sich jäh hinab das Tal.

Mit tatenfroher Eile
Erhebt sich Geist und Sinn,
Und flügelt goldne Pfeile
Durch alle Ferne hin.

Auf Zinnen möcht ich springen,
In alter Fürsten Schloß,
Möcht hohe Lieder singen,
Mich schwingen auf das Roß!

Und stolzen Siegeswagen
Stürzt ich mich brausend nach,
Die Harfe wird zerschlagen,
Die nur von Liebe sprach.

– Wie? schwärmst du so vermessen,
Herz, hast du nicht bedacht,
Hast du mit eins vergessen,
Was dich so trunken macht?

Ach, wohl! was aus mir singet,
Ist nur der Liebe Glück!
Die wirren Töne schlinget
Sie sanft in sich zurück.

Was hilft, was hilft mein Sehnen?
Geliebte, wärst du hier!
In tausend Freudetränen
Verging' die Erde mir.

Der Jäger

Drei Tage Regen fort und fort,
Kein Sonnenschein zur Stunde;
Drei Tage lang kein gutes Wort
Aus meiner Liebsten Munde!

Sie trutzt mit mir und ich mit ihr,
So hat sie's haben wollen;
Mir aber nagt's am Herzen hier,
Das Schmollen und das Grollen.

Willkommen denn, des Jägers Lust,
Gewittersturm und Regen!
Fest zugeknöpft die heiße Brust,
Und jauchzend euch entgegen!

Nun sitzt sie wohl daheim und lacht
Und scherzt mit den Geschwistern;
Ich höre in des Waldes Nacht
Die alten Blätter flüstern.

Nun sitzt sie wohl und weinet laut
Im Kämmerlein, in Sorgen;
Mir ist es wie dem Wilde traut,
In Finsternis geborgen.

Kein Hirsch und Rehlein überall!
Ein Schuß zum Zeitvertreibe!
Gesunder Knall und Widerhall
Erfrischt das Mark im Leibe. –

Doch wie der Donner nun verhallt
In Tälern, durch die Runde,
Ein plötzlich Weh mich überwallt,
Mir sinkt das Herz zu Grunde.

Sie trutzt mit mir und ich mit ihr,
So hat sie's haben wollen,
Mir aber frißt's am Herzen hier,
Das Schmollen und das Grollen.

Und auf! und nach der Liebsten Haus!
Und sie gefaßt ums Mieder!
»Drück mir die nassen Locken aus,
Und küß und hab mich wieder!«

Jägerlied

Zierlich ist des Vogels Tritt im Schnee,
Wenn er wandelt auf des Berges Höh:
Zierlicher schreibt Liebchens liebe Hand,
Schreibt ein Brieflein mir in ferne Land'.

In die Lüfte hoch ein Reiher steigt,
Dahin weder Pfeil noch Kugel fleugt:
Tausendmal so hoch und so geschwind
Die Gedanken treuer Liebe sind.

Lied vom Winde

Sausewind, Brausewind!
Dort und hier!
Deine Heimat sage mir!

»Kindlein, wir fahren
Seit vielen vielen Jahren
Durch die weit weite Welt,
Und möchten's erfragen,
Die Antwort erjagen,
Bei den Bergen, den Meeren,
Bei des Himmels klingenden Heeren,
Die wissen es nie.
Bist du klüger als sie,
Magst du es sagen.
– Fort, wohlauf!
Halt uns nicht auf!
Kommen andre nach, unsre Brüder,
Da frag wieder.«

Halt an! Gemach,
Eine kleine Frist!
Sagt, wo der Liebe Heimat ist,
Ihr Anfang, ihr Ende?

»Wer's nennen könnte!
Schelmisches Kind,
Lieb ist wie Wind,
Rasch und lebendig,
Ruhet nie,
Ewig ist sie,
Aber nicht immer beständig.

– Fort! Wohlauf! auf!
Halt uns nicht auf!
Fort über Stoppel und Wälder und Wiesen!
Wenn ich dein Schätzchen seh,
Will ich es grüßen.
Kindlein ade!«

Aus der Ferne

Weht, o wehet, liebe Morgenwinde!
Tragt ein Wort der Liebe hin und wieder!

Er:

Vor der Stadt, wo du hinausgeritten,
Auf dem Maultier, du mit den Begleitern, –
Stund um Stunde sitz ich dort in Trauer,
Wie ein scheuer Geist am hellen Tage.

Sie:

Weder Freude hab ich, die mich freute,
Weder Kummer, der mir naheginge,
Als nur jene, daß du mein gedenkest,
Als nur diesen, daß ich dich nicht habe.

Er:

Ist ein Stein, darauf dein Fuß getreten,
Fliegt ein Vogel, der vielleicht dich kennte,
Jedem Höckenweibe möcht ich's sagen,
Laut am offnen Markte könnt ich weinen.

Weht, o wehet, liebe Morgenwinde!
Tragt ein Wort der Liebe hin und wieder!

Er:

Sollt ich Trost bei den Genossen suchen?
Noch kein Fröhlicher hat wahr getröstet.

Sie:

Kann ich meinesgleichen mich vertrauen?
Halb mit Neid beklagten sie mich Arme.

Er:

In der Halle, wo sie abends trinken,
Sang ein hübsches Mädchen zu der Harfe;
Ich kam nicht zur Halle, saß alleine,
Wie ein kranker Sperber auf der Stange.

Sie:

Auf den Altan zogen mich die Mädchen:
»Komm, die schönen Jünglinge zu sehen,
Die vorüberziehn im Waffenschmucke.«
Ungern folgt ich, mit verdroßnen Augen.

Weht, o wehet, liebe Morgenwinde!
Tragt ein Wort der Liebe hin und wieder!

Er:

Die Korallenschnur von deinem Halse,
Die du noch zum Abschied mir gegeben,
Tausendmal am langen Tage drück ich,
Tausendmal bei Nacht sie an den Busen.

Sie:

Dieses Balsamfläschchen an der Kette,
Weg muß ich's von meinem Herzen nehmen,
Mich befängt ein Liebeszauberschwindel,
Wohlgeruch der Liebe will mich töten.

Er:

Eine Nacht, ach, hielt ich dich im Arme,
Unter Küssen dich auf meinem Schoße;
Ein Jasminzweig blühte dir im Haare,
Kühle Lüfte kamen durch das Fenster.

Sie:

Heut im Bette, früh, es dämmert' eben,
Lag ich in Gedanken an den Liebsten:
Unwillkürlich küßt ich, wie du küssest,
Meinen Arm, und mußte bitter weinen.

Still, o stille nun, ihr Morgenwinde!
Wehet morgen in der Frühe wieder!

Frage und Antwort

Fragst du mich, woher die bange
Liebe mir zum Herzen kam,
Und warum ich ihr nicht lange
Schon den bittern Stachel nahm?

Sprich, warum mit Geisterschnelle
Wohl der Wind die Flügel rührt,
Und woher die süße Quelle
Die verborgnen Wasser führt?

Banne du auf seiner Fährte
Mir den Wind in vollem Lauf!
Halte mit der Zaubergerte
Du die süßen Quellen auf!

Suschens Vogel

Ich hatt ein Vöglein, ach wie fein!
Kein schöners mag wohl nimmer sein:

Hätt auf der Brust ein Herzlein rot,
Und sung und sung sich schier zu Tod.

Herzvogel mein, du Vogel schön,
Nun sollt du mit zu Markte gehn! –

Und als ich in das Städtlein kam,
Er saß auf meiner Achsel zahm;

Und als ich ging am Haus vorbei
Des Knaben, dem ich brach die Treu,

Der Knab just aus dem Fenster sah,
Mit seinem Finger schnalzt er da:

Wie horchet gleich mein Vogel auf!
Zum Knaben fliegt er husch! hinauf;

Der koset ihn so lieb und hold,
Ich wußt nicht, was ich machen sollt,

Und stund, im Herzen so erschreckt,
Mit Händen mein Gesichte deckt',

Und schlich davon und weinet sehr,
Ich hört ihn rufen hinterher:

»Du falsche Maid, behüt dich Gott,
Ich hab doch wieder mein Herzlein rot!«

Ein Stündlein wohl vor Tag

Derweil ich schlafend lag,
Ein Stündlein wohl vor Tag,
Sang vor dem Fenster auf dem Baum
Ein Schwälblein mir, ich hört es kaum,
Ein Stündlein wohl vor Tag:

»Hör an, was ich dir sag,
Dein Schätzlein ich verklag:
Derweil ich dieses singen tu,
Herzt er ein Lieb in guter Ruh,
Ein Stündlein wohl vor Tag.«

O weh! nicht weiter sag!
O still! nichts hören mag!
Flieg ab, flieg ab von meinem Baum!
– Ach, Lieb und Treu ist wie ein Traum
Ein Stündlein wohl vor Tag.

Lebewohl

»Lebe wohl« – Du fühlest nicht,
Was es heißt, dies Wort der Schmerzen;
Mit getrostem Angesicht
Sagtest du's und leichtem Herzen.

Lebe wohl! – Ach tausendmal
Hab ich mir es vorgesprochen,
Und in nimmersatter Qual
Mir das Herz damit gebrochen!

Heimweh

Anders wird die Welt mit jedem Schritt,
Den ich weiter von der Liebsten mache;
Mein Herz, das will nicht weiter mit.
Hier scheint die Sonne kalt ins Land,
Hier deucht mir alles unbekannt,
Sogar die Blumen am Bache!
Hat jede Sache
So fremd eine Miene, so falsch ein Gesicht.
Das Bächlein murmelt wohl und spricht:
Armer Knabe, komm bei mir vorüber,
Siehst auch hier Vergißmeinnicht!
– Ja, die sind schön an jedem Ort,
Aber nicht wie dort.
Fort, nur fort!
Die Augen gehn mir über!

Früh im Wagen

Es graut vom Morgenreif
In Dämmerung das Feld,
Da schon ein blasser Streif
Den fernen Ost erhellt;

Man sieht im Lichte bald
Den Morgenstern vergehn,
Und doch am Fichtenwald
Den vollen Mond noch stehn:

So ist mein scheuer Blick,
Den schon die Ferne drängt,
Noch in das Schmerzensglück
Der Abschiedsnacht versenkt.

Dein blaues Auge steht
Ein dunkler See vor mir,
Dein Kuß, dein Hauch umweht,
Dein Flüstern mich noch hier.

An deinem Hals begräbt
Sich weinend mein Gesicht,
Und Purpurschwärze webt
Mir vor dem Auge dicht.

Die Sonne kommt; – sie scheucht
Den Traum hinweg im Nu,
Und von den Bergen streicht
Ein Schauer auf mich zu.

Nächtliche Fahrt

Jüngst im Traum ward ich getragen
Über fremdes Heideland;
Vor den halbverschlossnen Wagen
Schien ein Trauerzug gespannt.

Dann durch mondbeglänzte Wälder
Ging die sonderbare Fahrt,
Bis der Anblick offner Felder
Endlich mir bekannter ward.

Wie im lustigen Gewimmel
Tanzt nun Busch und Baum vorbei!
Und ein Dorf nun – guter Himmel!
O mir ahnet, was es sei.

Sah ich doch vorzeiten gerne
Diese Häuser oft und viel,
Die am Wagen die Laterne
Streift im stummen Schattenspiel.

Ja, dort unterm Giebeldache
Schlummerst du, vergeßlich Herz!
Und daß dein Getreuer wache,
Sagt dir kein geheimer Schmerz.

– Ferne waren schon die Hütten;
Sieh, da flattert's durch den Wind!
Eine Gabe zu erbitten
Schien ein armes, holdes Kind.

Wie vom bösen Geist getrieben
Werf ich rasch der Bettlerin
Ein Geschenk von meiner Lieben,
Jene goldne Kette, hin.

Plötzlich scheint ein Rad gebunden,
Und der Wagen steht gebannt,
Und das schöne Mädchen unten
Hält mich schelmisch bei der Hand.

»Denkt man so damit zu schalten?
So entdeck ich den Betrug?
Doch den Wagen festzuhalten,
War die Kette stark genug.

Willst du, daß ich dir verzeihe,
Sei erst selber wieder gut!
Oder wo ist deine Treue,
Böser Junge, falsches Blut?«

Und sie streichelt mir die Wange,
Küßt mir das erfrorne Kinn,
Steht und lächelt, weinet lange
Als die schönste Büßerin.

Doch mir bleibt der Mund verschlossen,
Und kaum weiß ich, was geschehn;
Ganz in ihren Arm gegossen
Schien ich selig zu vergehn.

Und nun fliegt mit uns, ihr Pferde,
In die graue Welt hinein!
Unter uns vergeh die Erde,
Und kein Morgen soll mehr sein!

Peregrina

I

Der Spiegel dieser treuen, braunen Augen
Ist wie von innerm Gold ein Widerschein;
Tief aus dem Busen scheint er's anzusaugen,
Dort mag solch Gold in heilgem Gram gedeihn.
In diese Nacht des Blickes mich zu tauchen,
Unwissend Kind, du selber lädst mich ein –
Willst, ich soll kecklich mich und dich entzünden,
Reichst lächelnd mir den Tod im Kelch der Sünden!

II

Aufgeschmückt ist der Freudensaal.
Lichterhell, bunt, in laulicher Sommernacht
Stehet das offene Gartengezelte.
Säulengleich steigen, gepaart,
Grün-umranket, eherne Schlangen,
Zwölf, mit verschlungenen Hälsen,
Tragend und stützend das
Leicht gegitterte Dach.

Aber die Braut noch wartet verborgen
In dem Kämmerlein ihres Hauses.
Endlich bewegt sich der Zug der Hochzeit,
Fackeln tragend,
Feierlich stumm.
Und in der Mitte,
Mich an der rechten Hand,
Schwarz gekleidet, geht einfach die Braut;
Schöngefaltet ein Scharlachtuch
Liegt um den zierlichen Kopf geschlagen.
Lächelnd geht sie dahin; das Mahl schon duftet.

Später im Lärmen des Fests
Stahlen wir seitwärts uns beide
Weg, nach den Schatten des Gartens wandelnd,
Wo im Gebüsche die Rosen brannten,
Wo der Mondstrahl um Lilien zuckte,
Wo die Weymouthsfichte mit schwarzem Haar
Den Spiegel des Teiches halb verhängt.

Auf seidnem Rasen dort, ach, Herz am Herzen,
Wie verschlangen, erstickten meine Küsse den
scheueren Kuß!
Indes der Springquell, unteilnehmend
An überschwenglicher Liebe Geflüster,
Sich ewig des eigenen Plätscherns freute;
Uns aber neckten von fern und lockten
Freundliche Stimmen,
Flöten und Saiten umsonst.

Ermüdet lag, zu bald für mein Verlangen,
Das leichte, liebe Haupt auf meinem Schoß.
Spielender Weise mein Aug auf ihres drückend
Fühlt ich ein Weilchen die langen Wimpern,
Bis der Schlaf sie stellte,
Wie Schmetterlingsgefieder auf und nieder gehn.

Eh das Frührot schien,
Eh das Lämpchen erlosch im Brautgemache,
Weckt ich die Schläferin,
Führte das seltsame Kind in mein Haus ein.

III

Ein Irrsal kam in die Mondscheingärten
Einer einst heiligen Liebe.
Schaudernd entdeckt ich verjährten Betrug.
Und mit weinendem Blick, doch grausam,

Hieß ich das schlanke,
Zauberhafte Mädchen
Ferne gehen von mir.
Ach, ihre hohe Stirn,
War gesenkt, denn sie liebte mich;
Aber sie zog mit Schweigen
Fort in die graue
Welt hinaus.

Krank seitdem,
Wund ist und wehe mein Herz.
Nimmer wird es genesen!

Als ginge, luftgesponnen, ein Zauberfaden
Von ihr zu mir, ein ängstig Band,
So zieht es, zieht mich schmachtend ihr nach!
– Wie? wenn ich eines Tags auf meiner Schwelle
Sie sitzen fände, wie einst, im Morgen-Zwielicht,
Das Wanderbündel neben ihr,
Und ihr Auge, treuherzig zu mir aufschauend,
Sagte, da bin ich wieder
Hergekommen aus weiter Welt!

IV

Warum, Geliebte, denk ich dein
Auf einmal nun mit tausend Tränen,
Und kann gar nicht zufrieden sein,
Und will die Brust in alle Weite dehnen?

Ach, gestern in den hellen Kindersaal,
Beim Flimmer zierlich aufgesteckter Kerzen,
Wo ich mein selbst vergaß in Lärm und Scherzen,
Tratst du, o Bildnis mitleid-schöner Qual;
Es war dein Geist, er setzte sich ans Mahl,
Fremd saßen wir mit stumm verhaltnen Schmerzen;

Zuletzt brach ich in lautes Schluchzen aus,
Und Hand in Hand verließen wir das Haus.

V

Die Liebe, sagt man, steht am Pfahl gebunden,
Geht endlich arm, zerrüttet, unbeschuht;
Dies edle Haupt hat nicht mehr, wo es ruht,
Mit Tränen netzet sie der Füße Wunden.

Ach, Peregrinen hab ich so gefunden!
Schön war ihr Wahnsinn, ihrer Wange Glut,
Noch scherzend in der Frühlingsstürme Wut,
Und wilde Kränze in das Haar gewunden.

War's möglich, solche Schönheit zu verlassen?
– So kehrt nur reizender das alte Glück!
O komm, in diese Arme dich zu fassen!

Doch weh! o weh! was soll mir dieser Blick?
Sie küßt mich zwischen Lieben noch und Hassen,
Sie kehrt sich ab, und kehrt mir nie zurück.

Das verlassene Mägdlein

Früh, wann die Hähne krähn,
Eh die Sternlein verschwinden,
Muß ich am Herde stehn,
Muß Feuer zünden.

Schön ist der Flammen Schein,
Es springen die Funken;
Ich schaue so drein,
In Leid versunken.

Plötzlich, da kommt es mir,
Treuloser Knabe,
Daß ich die Nacht von dir
Geträumet habe.

Träne auf Träne dann
Stürzet hernieder;
So kommt der Tag heran –
O ging' er wieder!

Agnes

Rosenzeit! wie schnell vorbei,
Schnell vorbei
Bist du doch gegangen!
Wär mein Lieb nur blieben treu,
Blieben treu,
Sollte mir nicht bangen.

Um die Ernte wohlgemut,
Wohlgemut
Schnitterinnen singen.
Aber, ach! mir kranken Blut,
Mir kranken Blut
Will nichts mehr gelingen.

Schleiche so durchs Wiesental,
So durchs Tal,
Als im Traum verloren,
Nach dem Berg, da tausendmal,
Tausendmal
Er mir Treu geschworen.

Oben auf des Hügels Rand,
Abgewandt,
Wein ich bei der Linde;
An dem Hut mein Rosenband,
Von seiner Hand,
Spielet in dem Winde.

Neue Liebe

Kann auch ein Mensch des andern auf der Erde
Ganz, wie er möchte, sein?
– In langer Nacht bedacht ich mir's, und mußte sagen,
nein!

So kann ich niemands heißen auf der Erde,
Und niemand wäre mein?
– Aus Finsternissen hell in mir aufzückt ein Freuden-
schein:

Sollt ich mit Gott nicht können sein,
So wie ich möchte, mein und dein?
Was hielte mich, daß ich's nicht heute werde?

Ein süßes Schrecken geht durch mein Gebein!
Mich wundert, daß es mir ein Wunder wollte sein,
Gott selbst zu eigen haben auf der Erde!

Josephine

Das Hochamt war. Der Morgensonne Blick
Glomm wunderbar im süßen Weihrauchscheine;
Der Priester schwieg; nun brauste die Musik
Vom Chor herab zur Tiefe der Gemeine.
So stürzt ein sonnetrunkner Aar
Vom Himmel sich mit herrlichem Gefieder,
So läßt Jehovens Mantel unsichtbar
Sich stürmend aus den Wolken nieder.

Dazwischen hört ich eine Stimme wehen,
Die sanft den Sturm der Chöre unterbrach;
Sie schmiegte sich mit schwesterlichem Flehen
Dem süß verwandten Ton der Flöte nach.

Wer ist's, der diese Himmelsklänge schickt?
Das Mädchen dort, das so bescheiden blickt.
Ich eile sachte auf die Galerie;
Zwar klopft mein Herz, doch tret ich hinter sie.

Hier konnt ich denn in unschuldsvoller Lust
Mit leiser Hand ihr festlich Kleid berühren,
Ich konnte still, ihr selber unbewußt,
Die nahe Regung ihres Wesens spüren.

Doch, welch ein Blick und welche Miene,
Als ich das Wort nun endlich nahm,
Und nun der Name Josephine
Mir herzlich auf die Lippen kam!
Welch zages Spiel die braunen Augen hatten!
Wie barg sich unterm tiefgesenkten Schatten
Der Wimper gern die ros'ge Scham!

Und wie der Mund, der eben im Gesang
Die Gottheit noch auf seiner Schwelle hegte,
Sich von der Töne heilgem Überschwang
Zu mir mit schlichter Rede herbewegte!

O dieser Ton – ich fühlt es nur zu bald,
Schlich sich ins Herz und macht es tief erkranken;
Ich stehe wie ein Träumer in Gedanken,
Indes die Orgel nun verhallt,
Die Sängerin vorüberwallt,
Die Kirche aufbricht und die Kerzen wanken.

An die Geliebte

Wenn ich, von deinem Anschaun tief gestillt,
Mich stumm an deinem heilgen Wert vergnüge,
Dann hör ich recht die leisen Atemzüge
Des Engels, welcher sich in dir verhüllt.

Und ein erstaunt, ein fragend Lächeln quillt
Auf meinem Mund, ob mich kein Traum betrüge,
Daß nun in dir, zu ewiger Genüge,
Mein kühnster Wunsch, mein einzger, sich erfüllt?

Von Tiefe dann zu Tiefen stürzt mein Sinn,
Ich höre aus der Gottheit nächtger Ferne
Die Quellen des Geschicks melodisch rauschen.

Betäubt kehr ich den Blick nach oben hin,
Zum Himmel auf – da lächeln alle Sterne;
Ich kniee, ihrem Lichtgesang zu lauschen.

Karwoche

O Woche, Zeugin heiliger Beschwerde!
Du stimmst so ernst zu dieser Frühlingswonne,
Du breitest im verjüngten Strahl der Sonne
Des Kreuzes Schatten auf die lichte Erde,

Und senkest schweigend deine Flöre nieder;
Der Frühling darf indessen immer keimen,
Das Veilchen duftet unter Blütenbäumen
Und alle Vöglein singen Jubellieder.

O schweigt, ihr Vöglein auf den grünen Auen!
Es hallen rings die dumpfen Glockenklänge,
Die Engel singen leise Grabgesänge;
O still, ihr Vöglein hoch im Himmelblauen!

Ihr Veilchen, kränzt heut keine Lockenhaare!
Euch pflückt mein frommes Kind zum dunkeln Strauße,
Ihr wandert mit zum Muttergotteshause,
Da sollt ihr welken auf des Herrn Altare.

Ach dort, von Trauermelodieen trunken,
Und süß betäubt von schweren Weihrauchdüften,
Sucht sie den Bräutigam in Todesgrüften,
Und Lieb' und Frühling, alles ist versunken!

Josephine

Dünkt euch die Schöne nicht eben gereift für das erste Verständnis
Zärtlicher Winke? Gewiß, Freunde, doch kommt ihr zu spät.
Diese Stirne, dies Auge, von Unschuld strahlend, umdämmert
Schon des gekosteten Glücks seliger Nebel geheim.

Lose Ware

»Tinte! Tinte, wer braucht! Schön schwarze Tinte verkauf ich!«
Rief ein Büblein gar hell Straßen hinauf und hinab.
Lachend traf sein feuriger Blick mich oben im Fenster,
Eh ich mich's irgend versah, huscht er ins Zimmer herein.
»Knabe, dich rief niemand!« – »Herr, meine Ware versucht nur!«
Und sein Fäßchen behend schwang er vom Rücken herum.
Da verschob sich das halb zerrissene Jäckchen ein wenig
An der Schulter und hell schimmert ein Flügel hervor.
»Ei, laß sehen, mein Sohn, du führst auch Federn im Handel?
Amor, verkleideter Schelm! soll ich dich rupfen sogleich?«
Und er lächelt, entlarvt, und legt auf die Lippen den Finger:
»Stille! sie sind nicht verzollt – stört die Geschäfte mir nicht!
Gebt das Gefäß, ich füll es umsonst, und bleiben wir Freunde!«
Dies gesagt und getan, schlüpft er zur Türe hinaus. –
Angeführt hat er mich doch: denn will ich was Nützliches schreiben,
Gleich wird ein Liebesbrief, gleich ein Erotikon draus.

Leichte Beute

Hat der Dichter im Geist ein köstliches Liedchen empfangen,
Ruht und rastet er nicht, bis es vollendet ihn grüßt.
Neulich so sah ich, o Schönste, dich erstmals flüchtig am Fenster,
Und ich brannte: nun liegst heute du schon mir im Arm!

Versuchung

Wenn sie in silberner Schale mit Wein uns würzet die Erdbeern,
Dicht mit Zucker noch erst streuet die Kinder des Walds:
O wie schmacht ich hinauf zu den duftigern Lippen, wie dürstet
Nach des gebogenen Arms schimmernder Weiße mein Mund!

Weihgeschenk

Von kunstfertigen Händen geschält, drei Äpfelchen, zierlich,
Hängend an *einem* Zweig, den noch ein Blättchen umgrünt;
Weiß wie das Wachs ihr Fleisch, von lieblicher Röte durchschimmert;
Dicht aneinandergeschmiegt, bärgen die nackten sich gern.
Schämet euch nicht, ihr Schwestern! euch hat ein Mädchen entkleidet,
Und den Chariten fromm bringet ein Sänger euch dar.

Götterwink

Nachts auf einsamer Bank saß ich im tauenden Garten,
Nah dem erleuchteten Saal, der mir die Liebste verbarg.
Rund umblüheten ihn die Akazien, duftaushauchend,
Weiß wie der fallende Schnee deckten die Blüten den Weg.
Mädchengelächter erscholl und Tanz und Musik in dem Innern,
Doch aus dem fröhlichen Chor hört ich nur andre heraus.
Trat sie einmal ans Fenster, ich hätte den dunkelsten Umriß
Ihrer lieben Gestalt gleich unter allen erkannt.
Warum zeigt sie sich nicht, und weiß, es ist der Geliebte
Niemals ferne von ihr, wo sie auch immer verweilt?
Ihr umgebt sie nun dort, o feine Gesellen! Ihr findet,
Schön ist die Blume, noch rein atmend die Würze des Hains.
Dünkt euch dies Kind wohl eben gereift für das erste Verständnis
Zärtlicher Winke? Ihr seid schnelle, doch kommt ihr zu spät.
Stirne, Augen und Mund, von Unschuld strahlend, umdämmert
Schon des gekosteten Glücks seliger Nebel geheim.
Blickt sie nicht wie abwesend in euren Lärmen? Ihr Lächeln
Zeigt nur gezwungen die Zahnperlen, die köstlichen, euch.
Wüßtet ihr was die Schleife verschweigt im doppelten Kranze
Ihrer Flechten! Ich selbst steckte sie küssend ihr an,

Während mein Arm den Nacken umschlang, den
eueren Blicken
Glücklich der seidene Flor, lüsterne Knaben, verhüllt.
– Also sprach ich und schwellte mir so Verlangen und
Sehnsucht;
Kleinliche Sorge bereits mischte sich leise darein.
Aber ein Zeichen erschien, ein göttliches: nicht die
Geliebte
Schickt' es, doch Amor selbst, welchen mein
Kummer gerührt.
Denn an dem Altan, hinter dem nächtlichen Fenster,
bewegt sich
Plötzlich, wie Fackelschein, eilig vorüber ein Licht,
Stark herstrahlend zu mir, und hebt aus dem dunkeln
Gebüsche,
Dicht mir zur Seite, die hoch glühende Rose hervor.
Heil! o Blume, du willst mir verkünden, o götterberührte,
Welche Wonne, noch heut, mein, des Verwegenen, harrt
Im verschloßnen Gemach. Wie schlägt mein Busen! –
Erschütternd
Ist der Dämonien Ruf, auch der den Sieg dir verspricht.

Nicht geheuer muss es sein …

Der Feuerreiter

Sehet ihr am Fensterlein
Dort die rote Mütze wieder?
Nicht geheuer muß es sein,
Denn er geht schon auf und nieder.
Und auf einmal welch Gewühle
Bei der Brücke, nach dem Feld!
Horch! das Feuerglöcklein gellt:
  Hinterm Berg,
  Hinterm Berg
Brennt es in der Mühle!

Schaut! da sprengt er wütend schier
Durch das Tor, der Feuerreiter,
Auf dem rippendürren Tier,
Als auf einer Feuerleiter!
Querfeldein! Durch Qualm und Schwüle
Rennt er schon, und ist am Ort!
Drüben schallt es fort und fort:
  Hinterm Berg,
  Hinterm Berg
Brennt es in der Mühle!

Der so oft den roten Hahn
Meilenweit von fern gerochen,
Mit des heilgen Kreuzes Span
Freventlich die Glut besprochen –
Weh! dir grinst vom Dachgestühle
Dort der Feind im Höllenschein.
Gnade Gott der Seele dein!
  Hinterm Berg,
  Hinterm Berg
Rast er in der Mühle!

Keine Stunde hielt es an,
Bis die Mühle borst in Trümmer;
Doch den kecken Reitersmann
Sah man von der Stunde nimmer.
Volk und Wagen im Gewühle
Kehren heim von all dem Graus;
Auch das Glöcklein klinget aus:
　Hinterm Berg,
　Hinterm Berg
Brennt's! –

Nach der Zeit ein Müller fand
Ein Gerippe samt der Mützen
Aufrecht an der Kellerwand
Auf der beinern Mähre sitzen:
Feuerreiter, wie so kühle
Reitest du in deinem Grab!
Husch! da fällt's in Asche ab.
　Ruhe wohl,
　Ruhe wohl
Drunten in der Mühle!

Die schlimme Gret und der Königssohn

»Gott grüß dich, junge Müllerin!
Heut wehen die Lüfte wohl schön?«
»Laßt sie wehen von Morgen und Abend,
Meine leere Mühle zu drehn!«

»Die stangenlangen Flügel
Sie haspeln dir eitel Wind?«
»Der Herr ist tot, die Frau ist tot,
Da feiert das Gesind.«

»So tröste sich Leid mit Leide!
Wir wären wohl gesellt:
Ich irr, ein armer Königssohn,
Landflüchtig durch die Welt.

Und drunten an dem Berge
Die Hütte dort ist mein;
Da liegt auch meine Krone,
Geschmuck und Edelstein.

Willt meine Liebste heißen,
So sage, wie und wann,
An Tagen und in Nächten,
Ich zu dir kommen kann?« –

»Ich bind eine güldne Pfeife
Wohl an den Flügel hin,
Daß sie sich helle hören läßt,
Wann ich daheime bin.

Doch wollt Ihr bei mir wohnen,
Sollt mir willkommen sein:
Mein Haus ist groß und weit mein Hof,
Da wohn ich ganz allein.« –

Der Königssohn mit Freuden
Ihr folget in ihr Haus;
Sie tischt ihm auf, kein Edelhof
Vermöchte so stattlichen Schmaus:

Schwarzwild und Rebhuhn, Fisch und Met;
Er fragt nicht lang woher.
Sie zeigt so stolze Sitten,
Des wundert er sich sehr.

Die erste Nacht, da er kost mit ihr,
In das Ohr ihm sagte sie: »Wißt,
Eine Jungfrau muß ich bleiben,
So lieb Euer Leben Euch ist!« –

Einsmals da kam der Königssohn
Zu Mittag von der Jagd,
Unfrohgemut, doch barg er sich,
Sprach lachend zu seiner Magd:

»Die Leute sagten mir neue Mär
Von dir, und böse dazu;
Sankt Jörgens Drach war minder schlimm,
Wenn man sie hört, denn du.«

»Sie sagen, daß ich ein falsches Ding,
Daß ich eine Hexe sei?«
»Nun ja, mein Schatz, so sprechen sie!
Eine Hexe, meiner Treu!

Ich dachte: wohl, ihr Narren,
Ihr lüget nicht daran;
Mit den schwarzen Augen, aufs erstemal,
Hat sie mir's angetan.

Und länger ruh ich keinen Tag,
Bis daß ich König bin,
Und morgen zieh ich auf die Fahrt:
Aufs Jahr bist du Königin!« –

Sie blitzt ihn an wie Wetterstrahl,
Sie blickt ihn an so schlau:
»Du lügst in deinen Hals hinein!
Du willt keine Hexe zur Frau.

Du willt dich von mir scheiden;
Das mag ja wohl geschehn:
Sollt aber von der schlimmen Gret
Noch erst ein Probstück sehn.« –

»Ach, Liebchen, ach, wie hebet sich,
Wie wallet dein schwarzes Haar!
Und rühret sich kein Lüftchen doch;
O sage, was es war?

Schon wieder, ach, und wieder!
Du lachest und mir graut:
Es singen deine Zöpfe ... Weh!
Du bist die Windesbraut!«

»Nicht seine Braut, doch ihm vertraut;
Meine Sippschaft ist gar groß.
Komm, küsse mich! ich halte dich
Und lasse dich nimmer los!

O pfui, das ist ein schief Gesicht!
Du wirst ja kreideweiß!
Frisch, munter, Prinz! ich gebe dir
Mein bestes Stücklein preis.« –

Rührlöffel in der Küch sie holt,
Rührlöffel ihrer zwei,
War jeder eine Elle lang,
Waren beide nagelneu.

»Was guckst du so erschrocken?
Denkst wohl, es gäbe Streich'?
Nicht doch, Herzliebster, warte nur,
Dein Wunder siehst du gleich.«

Auf den obern Boden führt sie ihn:
»Schau, was ein weiter Platz!
Wie ausgeblasen, hübsch und rein!
Hie tanzen wir, mein Schatz.

Schau, was ein Nebel zieht am Berg!
Gib acht, ich tu ihn ein!«
Sie beugt sich aus dem Laden weit,
Die Geister zu bedräun;

Sie wirbelt übereinander
Ihre Löffel so wunderlich,
Sie wickelt den Nebel und wickelt,
Und wirft ihn hinter sich.

Sie langt hervor ein Saitenspiel,
Sah wie ein Hackbrett aus,
Sie rühret es nur leise,
Es zittert das ganze Haus.

»Teil dich, teil dich, du Wolkendunst!
Ihr Geister, geht herfür!
Lange Männer, lange Weiber, seid
Hurtig zu Dienste mir!«

Da fangt es an zu kreisen,
Da wallet es hervor,
Lange Arme, lange Schleppen,
Und wieget sich im Chor.

»Faßt mir den dummen Jungen da!
Geschwinde wickelt ihn ein!
Er hat mein Herz gekränket,
Das soll er mir bereun.«

Den Jüngling von dem Boden hebt's,
Es dreht ihn um und um,
Es trägt ihn als ein Wickelkind
Dreimal im Saal herum.

Margret ein Wörtlein murmelt,
Klatscht in die Hand dazu:
Da fegt es wie ein Wirbelwind
Durchs Fenster fort im Nu.

Und fähret über die Berge,
Den Jüngling mitteninn,
Und fort bis wo der Pfeffer wächst –
O Knabe, wie ist dir zu Sinn?

Und als er sich besonnen,
Lag er im grünen Gras,
Hoch oben auf dem Seegestad;
Die Liebste bei ihm saß.

Ein Teppich war gebreitet,
Köstlich gewirket, bunt,
Darauf ein lustig Essen
In blankem Silber stund.

Und als er sich die Augen reibt
Und schaut sich um und an,
Ist sie wie eine Prinzessin schön,
Wie ein Prinz er angetan.

Sie lacht ihn an wie Maienschein,
Da sie ihm den Becher beut,
Sie legt den Arm um seinen Hals;
Vergessen war all sein Leid.

Da ging es an ein Küssen,
Er kriegt nicht satt an ihr;
Fürwahr ihr güldner Gürtel wär
Zu Schaden kommen schier.

– »Ach Liebchen, ach, wie wallet hoch
Dein schwarzes Ringelhaar!
Warum mich so erschrecken jetzt?
Nun ist meine Freude gar.«

»Rück her, rück her, sei nicht so bang!
Nun sollt du erst noch sehn,
Wie lieblich meine Arme tun;
Komm, es ist gleich geschehn!« –

Sie drückt ihn an die Brüste,
Der Atem wird ihm schwer;
Sie heult ein grausiges Totenlied,
Und wirft ihn in das Meer.

Die traurige Krönung

Es war ein König Milesint,
Von dem will ich euch sagen:
Der meuchelte sein Bruderskind,
Wollte selbst die Krone tragen.
Die Krönung ward mit Prangen
Auf Liffey-Schloß begangen.
O Irland! Irland! warest du so blind?

Der König sitzt um Mitternacht
Im leeren Marmorsaale,
Sieht irr in all die neue Pracht,
Wie trunken von dem Mahle;
Er spricht zu seinem Sohne:
»Noch einmal bring die Krone!
Doch schau, wer hat die Pforten aufgemacht?«

Da kommt ein seltsam Totenspiel,
Ein Zug mit leisen Tritten,
Vermummte Gäste groß und viel,
Eine Krone schwankt inmitten;
Es drängt sich durch die Pforte
Mit Flüstern ohne Worte;
Dem Könige, dem wird so geisterschwül.

Und aus der schwarzen Menge blickt
Ein Kind mit frischer Wunde;
Es lächelt sterbensweh und nickt,
Es macht im Saal die Runde,
Es trippelt zu dem Throne,
Es reichet eine Krone
Dem Könige, des Herze tief erschrickt.

Darauf der Zug von dannen strich,
Von Morgenluft berauschet,
Die Kerzen flackern wunderlich,
Der Mond am Fenster lauschet;
Der Sohn mit Angst und Schweigen
Zum Vater tät sich neigen –
Er neiget über eine Leiche sich.

Die Geister am Mummelsee

Vom Berge was kommt dort um Mitternacht spät
Mit Fackeln so prächtig herunter?
Ob das wohl zum Tanze, zum Feste noch geht?
Mir klingen die Lieder so munter.
O nein!
So sage, was mag es wohl sein?

Das, was du da siehest, ist Totengeleit,
Und was du da hörest, sind Klagen.
Dem König, dem Zauberer, gilt es zu Leid,
Sie bringen ihn wieder getragen.
O weh!
So sind es die Geister vom See!

Sie schweben herunter ins Mummelseetal –
Sie haben den See schon betreten –
Sie rühren und netzen den Fuß nicht einmal –
Sie schwirren in leisen Gebeten –
O schau,
Am Sarge die glänzende Frau!

Jetzt öffnet der See das grünspiegelnde Tor;
Gib acht, nun tauchen sie nieder!
Es schwankt eine lebende Treppe hervor,
Und – drunten schon summen die Lieder.
Hörst du?
Sie singen ihn unten zur Ruh.

Die Wasser, wie lieblich sie brennen und glühn!
Sie spielen in grünendem Feuer;
Es geisten die Nebel am Ufer dahin,
Zum Meere verzieht sich der Weiher –
                    Nur still!
Ob dort sich nichts rühren will?

Es zuckt in der Mitten – o Himmel! ach hilf!
Nun kommen sie wieder, sie kommen!
Es orgelt im Rohr und es klirret im Schilf;
Nur hurtig, die Flucht nur genommen!
                    Davon!
Sie wittern, sie haschen mich schon!

Schiffer- und Nixen-Märchen

I
Vom Sieben-Nixen-Chor

Manche Nacht im Mondenscheine
Sitzt ein Mann von ernster Schöne,
Sitzt der Magier Drakone,
Auf dem Gartenhausbalkone,
Mit Prinzessin Liligi;
Lehrt sie allda seine Lehre
Von der Erde, von dem Himmel,
Von dem Traum der Elemente,
Vom Geschick im Sternenkreise.

»Laß es aber nun genug sein!
Mitternacht ist lang vorüber –«
Spricht Prinzessin Liligi –

»Und nach solchen Wunderdingen,
Mächtigen und ungewohnten,
Lüstet mich nach Kindermärchen,
Lieber Mann, ich weiß nicht wie!«

»Hörst du gern das Lied vom Winde,
Das nicht End noch Anfang hat,
Oder gern vom Königskinde,
Gerne von der Muschelstadt?«

»Singe du so heut wie gestern
Von des Meeres Lustrevier,
Von dem Haus der sieben Schwestern
Und vom Königssohne mir.«

»Zwischen grünen Wasserwänden
Sitzt der Sieben-Nixen-Chor;
Wasserrosen in den Händen,
Lauschen sie zum Licht empor.

Und wenn oftmals auf der Höhe
Schiffe fahren, schattengleich,
Steigt ein siebenfaches Wehe
Aus dem stillen Wasserreich.

Dann, zum Spiel kristallner Glocken,
Drehn die Schwestern sich im Tanz,
Schütteln ihre grünen Locken
Und verlieren Gurt und Kranz.

Und das Meer beginnt zu schwanken,
Well auf Welle steigt und springt,
Alle Elemente zanken
Um das Schiff, bis es versinkt.«

Also sang in Zaubertönen
Süß der Magier Drakone
Zu der lieblichen Prinzessin;
Und zuweilen, im Gesange,
Neiget er der Lippen Milde
Zu dem feuchten Rosenmunde,
Zu den hyazintheblauen,
Schon in Schlaf gesenkten Augen
Der betörten Jungfrau hin.
Diese meint im leichten Schlummer,
Immer höre sie die Lehre
Von der Erde, von dem Himmel,
Vom Geschick im Sternenkreise,
Doch zuletzt erwachet sie:

»Laß es aber nun genug sein!
Mitternacht ist lang vorüber,
Und nach solchen Wunderdingen,
Mächtigen und ungewohnten,
Lüstet mich nach Kindermärchen,
Lieber Mann, ich weiß nicht wie!«

»Wohl! – Schon auf des Meeres Grunde
Sitzt das Schiff mit Mann und Maus,
Und die Sieben in die Runde
Rufen: ›Schönster, tritt heraus!‹

Rufen freundlich mit Verneigen:
›Komm! es soll dich nicht gereun;
Wolln dir unsre Kammer zeigen,
Wollen deine Mägde sein.‹

– Sieh, da tritt vom goldnen Borde
Der betörte Königssohn,
Und zu der korallnen Pforte
Rennen sie mit ihm davon.

Doch man sah nach wenig Stunden,
Wie der Nixenbräutigam,
Tot, mit sieben roten Wunden,
Hoch am Strand des Meeres schwamm.«

Also sang in Zaubertönen
Süß der Magier Drakone;
Und zuweilen, im Gesange,
Neiget er der Lippen Milde
Zu dem feuchten Rosenmunde,
Zu den hyazintheblauen,
Schon in Schlaf gesenkten Augen
Der betörten Jungfrau hin.

Sie erwacht zum andern Male,
Sie verlanget immer wieder:
»Lieber Mann, ein Kindermärchen
Singe mir zu guter Letzt!«

Und er singt das letzte Märchen,
Und er küßt die letzten Küsse;
Lied und Kuß hat ausgeklungen,
Aber sie erwacht nicht mehr.
Denn schon war die dritte Woche,
Seit der Magier Drakone
Bei dem edeln Königskinde
Seinen falschen Dienst genommen;
Wohlberechnet, wohlbereitet
Kam der letzte Tag heran.

Jetzo fasset er die Leiche,
Schwingt sich hoch im Zaubermantel
Durch die Lüfte zu dem Meere,
Rauschet nieder in die Wogen,
Klopft an dem Korallentor,
Führet so die junge Fürstin,
Daß auch sie zur Nixe werde,
Als willkommene Genossin
In den Sieben-Nixen-Chor.

II
Nixe Binsefuß

Des Wassermanns sein Töchterlein
Tanzt auf dem Eis im Vollmondschein,
Sie singt und lachet sonder Scheu
Wohl an des Fischers Haus vorbei.

»Ich bin die Jungfer Binsefuß,
Und meine Fisch wohl hüten muß,
Meine Fisch die sind im Kasten.
Sie haben kalte Fasten;
Von Böhmerglas mein Kasten ist,
Da zähl ich sie zu jeder Frist.

Gelt, Fischermatz? gelt, alter Tropf,
Dir will der Winter nicht in Kopf?
Komm mir mit deinen Netzen!
Die will ich schön zerfetzen!
Dein Mägdlein zwar ist fromm und gut,
Ihr Schatz ein braves Jägerblut.

Drum häng ich ihr, zum Hochzeitstrauß,
Ein schilfen Kränzlein vor das Haus,
Und einen Hecht, von Silber schwer,
Er stammt von König Artus her,
Ein Zwergen-Goldschmieds-Meisterstück,
Wer's hat, dem bringt es eitel Glück:
Er läßt sich schuppen Jahr für Jahr,
Da sind's fünfhundert Gröschlein bar.

Ade, mein Kind! Ade für heut!
Der Morgenhahn im Dorfe schreit.«

III
Zwei Liebchen

Ein Schifflein auf der Donau schwamm,
Drin saßen Braut und Bräutigam,
Er hüben und sie drüben.

Sie sprach: »Herzliebster, sage mir,
Zum Angebind was geb ich dir?«

Sie streift zurück ihr Ärmelein,
Sie greift ins Wasser frisch hinein.

Der Knabe, der tät gleich also,
Und scherzt mit ihr und lacht so froh.

»Ach, schöne Frau Done, geb sie mir
Für meinen Schatz eine hübsche Zier!«

Sie zog heraus ein schönes Schwert,
Der Knab hätt lang so eins begehrt.

Der Knab, was hält er in der Hand?
Milchweiß ein köstlich Perlenband.

Er legt's ihr um ihr schwarzes Haar,
Sie sah wie eine Fürstin gar.

»Ach, schöne Frau Done, geb' sie mir
Für meinen Schatz eine hübsche Zier!«

Sie langt hinein zum andernmal,
Faßt einen Helm von lichtem Stahl.

Der Knab vor Freud entsetzt sich schier,
Fischt ihr einen goldnen Kamm dafür.

Zum dritten sie ins Wasser griff:
Ach weh! da fällt sie aus dem Schiff.

Er springt ihr nach, er faßt sie keck,
Frau Done reißt sie beide weg:

Frau Done hat ihr Schmuck gereut,
Das büßt der Jüngling und die Maid.

Das Schifflein leer hinunterwallt;
Die Sonne sinkt hinter die Berge bald.

Und als der Mond am Himmel stand,
Die Liebchen schwimmen tot ans Land,
Er hüben und sie drüben.

IV
Der Zauberleuchtturm

Des Zauberers sein Mägdlein saß
In ihrem Saale rund von Glas;
Sie spann beim hellen Kerzenschein,
Und sang so glockenhell darein.
Der Saal, als eine Kugel klar,
In Lüften aufgehangen war
An einem Turm auf Felsenhöh,
Bei Nacht hoch ob der wilden See,
Und hing in Sturm und Wettergraus
An einem langen Arm hinaus.
Wenn nun ein Schiff in Nächten schwer
Sah weder Rat noch Rettung mehr,
Der Lotse zog die Achsel schief,
Der Hauptmann alle Teufel rief,
Auch der Matrose wollt verzagen:
»O weh mir armen Schwartenmagen!«
Auf einmal scheint ein Licht von fern
Als wie ein heller Morgenstern;
Die Mannschaft jauchzet überlaut:
»Heida! jetzt gilt es trockne Haut!«
Aus allen Kräften steuert man
Jetzt nach dem teuren Licht hinan,
Das wächst und wächst und leuchtet fast
Wie einer Zaubersonne Glast,
Darin ein Mägdlein sitzt und spinnt,

Sich beuget ihr Gesang im Wind;
Die Männer stehen wie verzückt,
Ein jeder nach dem Wunder blickt
Und horcht und staunet unverwandt,
Dem Steuermann entsinkt die Hand,
Hat keiner acht mehr auf das Schiff;
Das kracht mit eins am Felsenriff,
Die Luft zerreißt ein Jammerschrei:
»Herr Gott im Himmel, steh uns bei!«
Da löscht die Zauberin ihr Licht;
Noch einmal aus der Tiefe bricht
Verhallend Weh aus *einem* Mund;
Da zuckt das Schiff und sinkt zu Grund.

Schön-Rohtraut

Wie heißt König Ringangs Töchterlein?
  Rohtraut, Schön-Rohtraut.
Was tut sie denn den ganzen Tag,
Da sie wohl nicht spinnen und nähen mag?
  Tut fischen und jagen.
O daß ich doch ihr Jäger wär!
Fischen und jagen freute mich sehr.
  – Schweig stille, mein Herze!

Und über eine kleine Weil,
  Rohtraut, Schön-Rohtraut,
So dient der Knab auf Ringangs Schloß
In Jägertracht und hat ein Roß,
  Mit Rohtraut zu jagen.
O daß ich doch ein Königssohn wär!
Rohtraut, Schön-Rohtraut lieb ich so sehr.
  – Schweig stille, mein Herze!

Einsmals sie ruhten am Eichenbaum,
  Da lacht Schön-Rohtraut:
Was siehst mich an so wunniglich?
Wenn du das Herz hast, küsse mich!
  Ach! erschrak der Knabe!
Doch denket er: mir ist's vergunnt,
Und küsset Schön-Rohtraut auf den Mund.
  – Schweig stille, mein Herze!

Darauf sie ritten schweigend heim,
   Rohtraut, Schön-Rohtraut;
Es jauchzt der Knab in seinem Sinn:
Und würdst du heute Kaiserin,
   Mich sollt's nicht kränken:
Ihr tausend Blätter im Walde wißt,
Ich hab Schön-Rohtrauts Mund geküßt!
   – Schweig stille, mein Herze!

Jung Volker
Gesang der Räuber

Jung Volker, das ist unser Räuberhauptmann,
Mit Fiedel und mit Flinte,
Damit er geigen und schießen kann,
Nach dem just Wetter und Winde.
Fiedel und die Flint,
Fiedel und die Flint!
Volker spielt auf.

Ich sah ihn hoch im Sonnenschein
Auf einem Hügel sitzen:
Da spielt er die Geig und schluckt roten Wein,
Seine blauen Augen ihm blitzen.
Fiedel und die Flint,
Fiedel und die Flint!
Volker spielt auf.

Auf einmal, er schleudert die Geig in die Luft,
Auf einmal, er wirft sich zu Pferde:
Der Feind kommt! Da stößt er ins Pfeifchen und ruft:
»Brecht ein, wie der Wolf in die Herde!«
Fiedel und die Flint,
Fiedel und die Flint!
Volker spielt auf.

Jung Volkers Lied

Und die mich trug im Mutterleib,
Und die mich schwang im Kissen,
Die war ein schön frech braunes Weib,
Wollte nichts vom Mannsvolk wissen.

Sie scherzte nur und lachte laut,
Und ließ die Freier stehen:
Möcht lieber sein des Windes Braut,
Denn in die Ehe gehen!

Da kam der Wind, da nahm der Wind
Als Buhle sie gefangen:
Von dem hat sie ein lustig Kind
In ihren Schoß empfangen.

Das ist auch wohl Poesie …

Der alte Turmhahn
Idylle

Zu Cleversulzbach im Unterland
Hundertunddreizehn Jahr ich stand,
Auf dem Kirchenturn ein guter Hahn,
Als ein Zierat und Wetterfahn.
In Sturm und Wind und Regennacht
Hab ich allzeit das Dorf bewacht.
Manch falber Blitz hat mich gestreift,
Der Frost mein' roten Kamm bereift,
Auch manchen lieben Sommertag,
Da man gern Schatten haben mag,
Hat mir die Sonne unverwandt
Auf meinen goldigen Leib gebrannt.
So ward ich schwarz für Alter ganz,
Und weg ist aller Glitz und Glanz.
Da haben sie mich denn zuletzt
Veracht't und schmählich abgesetzt.
Meinthalb! So ist der Welt ihr Lauf,
Jetzt tun sie einen andern 'nauf.
Stolzier, prachtier und dreh dich nur!
Dir macht der Wind noch andre Cour.

Ade, o Tal, du Berg und Tal!
Rebhügel, Wälder allzumal!
Herzlieber Turn und Kirchendach,
Kirchhof und Steglein übern Bach!
Du Brunnen, dahin spat und früh
Öchslein springen, Schaf' und Küh,
Hans hinterdrein kommt mit dem Stecken,
Und Bastes Evlein auf dem Schecken!
– Ihr Störch und Schwalben, grobe Spatzen,
Euch soll ich nimmer hören schwatzen!

Lieb deucht mir jedes Drecklein itzt,
Damit ihr ehrlich mich beschmitzt.
Ade, Hochwürden, Ihr Herr Pfarr,
Schulmeister auch, du armer Narr!
Aus ist, was mich gefreut so lang,
Geläut und Orgel, Sang und Klang.

Von meiner Höh so sang ich dort,
Und hätt noch lang gesungen fort,
Da kam so ein krummer Teufelshöcker,
Ich schätz, es war der Schieferdecker,
Packt mich, kriegt nach manch hartem Stoß
Mich richtig von der Stange los.
Mein alt preßhafter Leib schier brach,
Da er mit mir fuhr ab dem Dach
Und bei den Glocken schnurrt hinein;
Die glotzten sehr verwundert drein,
Regt' ihnen doch weiter nicht den Mut,
Dachten eben, wir hangen gut.

Jetzt tät man mich mit altem Eisen
Dem Meister Hufschmied überweisen;
Der zahlt zween Batzen und meint wunder,
Wieviel es wär für solchen Plunder.
Und also ich selben Mittag
Betrübt vor seiner Hütte lag.
Ein Bäumlein – es war Maienzeit –
Schneeweiße Blüten auf mich streut,
Hühner gackeln um mich her,
Unachtend, was das für ein Vetter wär.
Da geht mein Pfarrherr nun vorbei,
Grüßt den Meister und lächelt: »Ei,
Wär's so weit mit uns, armer Hahn?
Andrees, was fangt Ihr mit ihm an?
Ihr könnt ihn weder sieden noch braten,
Mir aber müßt es schlimm geraten,

Einen alten Kirchendiener gut
Nicht zu nehmen in Schutz und Hut.
Kommt! tragt ihn mir gleich vor ins Haus,
Trinket ein kühl Glas Wein mit aus.«

Der rußig Lümmel, schnell bedacht,
Nimmt mich vom Boden auf und lacht.
Es fehlt' nicht viel, so tat ich frei
Gen Himmel einen Freudenschrei.
Im Pfarrhaus, ob dem fremden Gast
War groß und klein erschrocken fast;
Bald aber in jedem Angesicht
Ging auf ein rechtes Freudenlicht.
Frau, Magd und Knecht, Mägdlein und
Buben,
Den großen Göckel in der Stuben
Mit siebenfacher Stimmen Schall
Begrüßen, begucken, betasten all.
Der Gottesmann drauf mildiglich
Mit eignen Händen trägt er mich
Nach seinem Zimmer, Stiegen auf,
Nachpolteret der ganze Hauf.

Hier wohnt der Frieden auf der Schwell!
In den geweißten Wänden hell
Sogleich empfing mich sondre Luft,
Bücher- und Gelahrtenduft,
Gerani- und Resedaschmack,
Auch ein Rüchlein Rauchtabak.
(Dies war mir all noch unbekannt.)
Ein alter Ofen aber stand
In der Ecke linker Hand.
Recht als ein Turn tät er sich strecken
Mit seinem Gipfel bis zur Decken,
Mit Säulwerk, Blumwerk, kraus und spitz –
O anmutsvoller Ruhesitz!

Zuöberst auf dem kleinen Kranz
Der Schmied mich auf ein Stänglein pflanzt'.

Betrachtet mir das Werk genau!
Mir deucht's ein ganzer Münsterbau;
Mit Schildereien wohl geziert,
Mit Reimen christlich ausstaffiert.
Davon vernahm ich manches Wort,
Dieweil der Ofen ein guter Hort
Für Kind und Kegel und alte Leut,
Zu plaudern, wann es wind't und schneit.

Hier seht ihr seitwärts auf der Platten
Eines Bischofs Krieg mit Mäus und Ratten,
Mitten im Rheinstrom sein Kastell.
Das Ziefer kommt geschwommen schnell,
Die Knecht nichts richten mit Waffen und Wehr,
Der Schwänze werden immer mehr.
Viel Tausend gleich in dicken Haufen
Frech an der Mauer auf sie laufen,
Fallen dem Pfaffen in sein Gemach;
Sterben muß er mit Weh und Ach,
Von den Tieren aufgefressen,
Denn er mit Meineid sich vermessen.
– Sodann König Belsazers seinen Schmaus,
Weiber und Spielleut, Saus und Braus;
Zu großem Schrecken an der Wand
Rätsel schreibt eines Geistes Hand.
– Zuletzt da vorne stellt sich für
Sara lauschend an der Tür,
Als der Herr mit Abraham
Vor seiner Hütte zu reden kam,
Und ihme einen Sohn versprach.
Sara sich Lachens nicht entbrach,
Weil beide schon sehr hoch betaget.
Der Herr vernimmt es wohl und fraget:

»Wie, lachet Sara? glaubt sie nicht,
Was der Herr will, leicht geschicht?«
Das Weib hinwieder Flausen machet,
Spricht: »Ich habe nicht gelachet.«
Das war nun wohl gelogen fast,
Der Herr es doch passieren laßt,
Weil sie nicht leugt aus arger List,
Auch eine Patriarchin ist.

Seit daß ich hier bin dünket mir
Die Winterszeit die schönste schier.
Wie sanft ist aller Tage Fluß
Bis zum geliebten Wochenschluß!
– Freitag zu Nacht, noch um die neune,
Bei seiner Lampen Trost alleine,
Mein Herr fangt an sein Predigtlein
Studieren; anderst mag's nicht sein;
Eine Weil am Ofen brütend steht,
Unruhig hin und dannen geht:
Sein Text ihm schon die Adern reget;
Drauf er sein Werk zu Faden schläget.
Inmittelst einmal auch etwan
Hat er ein Fenster aufgetan –
Ah, Sternenlüfteschwall wie rein
Mit Haufen dringet zu mir ein!
Den Verrenberg ich schimmern seh,
Den Schäferbühel dick mit Schnee!

Zu schreiben endlich er sich setzet,
Ein Blättlein nimmt, die Feder netzet,
Zeichnet sein Alpha und sein O
Über dem Exordio.
Und ich von meinem Postament
Kein Aug ab meinem Herrlein wend;
Seh, wie er, mit Blicken steif ins Licht,
Sinnt, prüfet jedes Worts Gewicht,

Einmal sacht eine Prise greifet,
Vom Docht den roten Butzen streifet;
Auch dann und wann zieht er vor sich
Ein Sprüchlein an vernehmentlich,
So ich mit vorgerecktem Kopf
Begierlich bringe gleich zu Kropf.
Gemachsam kämen wir also
Bis Anfang Applicatio.

Indes der Wächter elfe schreit.
Mein Herr denkt: es ist Schlafenszeit;
Ruckt seinen Stuhl und nimmt das Licht;
Gut Nacht, Herr Pfarr! – Er hört es nicht.

Im Finstern wär ich denn allein.
Das ist mir eben keine Pein.
Ich hör in der Registratur
Erst eine Weil die Totenuhr,
Lache den Marder heimlich aus,
Der scharrt sich müd am Hühnerhaus;
Windweben um das Dächlein stieben;
Ich höre wie im Wald da drüben –
Man heißet es im Vogeltrost –
Der grimmig Winter sich erbost,
Ein Eichlein spalt't jähling mit Knallen,
Eine Buche, daß die Täler schallen.
– Du meine Güt, da lobt man sich
So frommen Ofen dankbarlich!
Er wärmelt halt die Nacht so hin,
Es ist ein wahrer Segen drin.
– Jetzt, denk ich, sind wohl hie und dort
Spitzbuben aus auf Raub und Mord;
Denk, was eine schöne Sach es ist,
Brave Schloß und Riegel zu jeder Frist!
Was ich wollt machen herentgegen,
Wenn ich eine Leiter hört anlegen;

Und sonst was so Gedanken sind;
Ein warmes Schweißlein mir entrinnt.
Um zwei, Gottlob, und um die drei
Glänzet empor ein Hahnenschrei,
Um fünfe, mit der Morgenglocken,
Mein Herz sich hebet unerschrocken,
Ja voller Freuden auf es springt,
Als der Wächter endlich singt:
»Wohlauf, im Namen Jesu Christ!
Der helle Tag erschienen ist!«

Ein Stündlein drauf, wenn mir die Sporen
Bereits ein wenig steif gefroren,
Rasselt die Lis im Ofen, brummt,
Bis 's Feuer angeht, saust und summt.
Dann von der Küch rauf, gar nicht übel,
Die Supp ich wittre, Schmalz und Zwiebel.
Endlich, gewaschen und geklärt,
Mein Herr sich frisch zur Arbeit kehrt.

Am Samstag muß ein Pfarrer fein
Daheim in seiner Klause sein,
Nicht visiteln, herumkutschieren,
Seine Faß einbrennen, sonst hantieren.
Meiner hat selten solch Gelust.
Einmal – Ihr sagt's nicht weiter just –
Zimmert' er den ganzen Nachmittag
Dem Fritz an einem Meisenschlag,
Dort an dem Tisch, und schwatzt' und schmaucht',
Mich alten Tropf kurzweilt' es auch.

Jetzt ist der liebe Sonntag da.
Es läut't zur Kirchen fern und nah.
Man orgelt schon; mir wird dabei,
Als säß ich in der Sakristei.

Es ist kein Mensch im ganzen Haus;
Ein Mücklein hör ich, eine Maus.
Die Sonne sich ins Fenster schleicht,
Zwischen die Kaktusstöck hinstreicht
Zum kleinen Pult von Nußbaumholz,
Eines alten Schreinermeisters Stolz;
Beschaut sich was da liegt umher,
Konkordanz und Kinderlehr,
Oblatenschachtel, Amtssigill,
Im Dintenfaß sich spiegeln will,
Zuteuerst Sand und Grus besicht,
Sich an dem Federmesser sticht
Und gleitet übern Armstuhl frank
Hinüber an den Bücherschrank.

Da stehn in Pergament und Leder
Vornan die frommen Schwabenväter:
Andreä, Bengel, Rieger zween,
Samt *Ötinger* sind da zu sehn.
Wie sie die goldnen Namen liest,
Noch goldener ihr Mund sie küßt,
Wie sie rührt an *Hillers* Harfenspiel –
Horch! klingt es nicht? so fehlt nicht viel.

Inmittelst läuft ein Spinnlein zart
An mir hinauf nach seiner Art,
Und hängt sein Netz, ohn erst zu fragen,
Mir zwischen Schnabel auf und Kragen.
Ich rühr mich nicht aus meiner Ruh,
Schau ihm eine ganze Weile zu.
Darüber ist es wohl geglückt,
Daß ich ein wenig eingenickt. –
Nun sagt, ob es in Dorf und Stadt
Ein alter Kirchhahn besser hat?

Ein Wunsch im stillen dann und wann
Kommt einen freilich wohl noch an.
Im Sommer stünd ich gern da draus
Bisweilen auf dem Taubenhaus,
Wo dicht dabei der Garten blüht,
Man auch ein Stück vom Flecken sieht.
Dann in der schönen Winterzeit,
Als zum Exempel eben heut:
Ich sag es grad – da haben wir
Gar einen wackern Schlitten hier,
Grün, gelb und schwarz; – er ward verwichen
Erst wieder sauber angestrichen:
Vorn auf dem Bogen brüstet sich
Ein fremder Vogel hoffärtig –
Wenn man mich etwas putzen wollt,
Nicht daß es drum viel kosten sollt,
Ich stünd so gut dort als wie der,
Und machet niemand nicht Unehr!
– Narr! denk ich wieder, du hast dein Teil!
Willt du noch jetzo werden geil?
Mich wundert, ob dir nicht gefiel',
Daß man, der Welt zum Spott und Ziel,
Deinen warmen Ofen gar zuletzt
Mitsamt dir auf die Läufe setzt',
Daß auf dem Gsims da um dich säß
Mann, Weib und Kind, der ganze Käs!
Du alter Scherb, schämst du dich nicht,
Auf Eitelkeit zu sein erpicht?
Geh in dich, nimm dein Ende wahr!
Wirst nicht noch einmal hundert Jahr.

Auf das Grab von Schillers Mutter

Cleversulzbach, im Mai

Nach der Seite des Dorfs, wo jener alternde Zaun dort
Ländliche Gräber umschließt, wall ich in Einsamkeit oft.
Sieh den gesunkenen Hügel; es kennen die ältesten Greise
Kaum ihn noch, und es ahnt niemand ein Heiligtum hier.
Jegliche Zierde gebricht und jedes deutende Zeichen;
Dürftig breitet ein Baum schützende Arme umher.
Wilde Rose! dich find ich allein statt anderer Blumen;
Ja, beschäme sie nur, brich als ein Wunder hervor!
Tausendblättrig eröffne dein Herz! entzünde dich herrlich
Am begeisternden Duft, den aus der Tiefe du ziehst!
Eines Unsterblichen Mutter liegt hier bestattet; es richten
Deutschlands Männer und Fraun eben den Marmor ihm auf.

An Wilhelm Hartlaub

Durchs Fenster schien der helle Mond herein;
Du saßest am Klavier im Dämmerschein,
Versankst im Traumgewühl der Melodien,
Ich folgte dir an schwarzen Gründen hin,
Wo der Gesang versteckter Quellen klang,
Gleich Kinderstimmen, die der Wind verschlang.

Doch plötzlich war dein Spiel wie umgewandt,
Nur blauer Himmel schien noch ausgespannt,
Ein jeder Ton ein lang gehaltnes Schweigen.
Da fing das Firmament sich an zu neigen,
Und jäh daran herab der Sterne selig Heer
Glitt rieselnd in ein goldig Nebelmeer,
Bis Tropf um Tropfen hell darin zerging,
Die alte Nacht den öden Raum umfing.

Und als du neu ein fröhlich Leben wecktest,
Die Finsternis mit jungem Lichte schrecktest,
War ich schon weit hinweg mit Sinn und Ohr,
Zuletzt warst du es selbst, in den ich mich verlor;
Mein Herz durchzückt' mit eins ein Freudenstrahl:
Dein ganzer Wert erschien mir auf einmal.
So wunderbar empfand ich es, so neu,
Daß noch bestehe Freundeslieb und Treu!
Daß uns so sichrer Gegenwart Genuß
Zusammenhält in Lebensüberfluß!

Ich sah dein hingesenktes Angesicht
Im Schatten halb und halb im klaren Licht;
Du ahntest nicht, wie mir der Busen schwoll,
Wie mir das Auge brennend überquoll.

Du endigtest; ich schwieg – Ach warum ist doch eben
Dem höchsten Glück kein Laut des Danks gegeben?

Da tritt dein Töchterchen mit Licht herein,
Ein ländlich Mahl versammelt groß und klein,
Vom nahen Kirchturm schallt das Nachtgeläut,
Verklingend so des Tages Lieblichkeit.

Ländliche Kurzweil

An Constanze Hartlaub

Um die Herbstzeit, wenn man abends
Feld und Garten gerne wieder
Tauschet mit dem wärmern Zimmer,
Bald auch schon den lang verschmähten
Ofen sieht mit andern Augen,
Jetzo noch zweideutigen:
Haben wir hier auf dem Lande
Noch die allerschönsten Stunden
Müßig halb und halb geschäftig
Plaudernder Geselligkeit.

Jüngst so waren wir am runden
Tisch versammelt um die Lampe.
Eine Freundin, aus der Ferne
Neulich bei uns angekommen,
Saß, ein holder Gast, im Kreise.
Abgetragen war das Essen,
Nur das Tischtuch mußte bleiben.
Reinliche Gefäße vor sich
Eiferten die guten Frauen,
Wer des vielkörnigen Mohnes
Größern Haufen vor sich bringe;
– Weißen hatten wir und blauen –
Emsig klopften, unbeschadet
Des Gespräches, ihre Messer,
Während ich, zunächst dem Lichte,
In den Haller Jahresheften
Blätterte und hin und wieder
Einen Brocken gab zum besten.

Doch nach einer kleinen Stille,
Plötzlich wie vom Zaun gebrochen,
Sagte meine Schwester Clärchen,
Schadenfrohen Blicks nach mir:
»Geld auf Zinsen auszulehnen
Ist wohl keine üble Sache,
Wenn man es nur christlich treibt;
Denn vom Hundert zieht man immer,
Wo nicht fünfe, doch fünfthalbe,
Das ist einem wie geschenkt;
Aber wer in müßger Weile
An dem Mohnfeld einst vorüber
Schlenderte, der grünen Häupter
Eines an der Seite spaltend,
Kleine Münze drin verbarg,
Hoffend, daß es groß und größer,
Eine Wunderfrucht, erwachse,
Und so viel es Körner trüge
So viel nagelneue Kreuzer
Künftig in der dürren Hülse
(Eine feine Kinderklapper,
Eine seltne Vogelscheuche!)
Klingend in dem Winde schüttle,
Der ist übel angeführt.
Nicht nur, daß die Interessen
Fehlen, auch die schönen Samen
Sind vergiftet, schwarz gemodert,
Und der unfruchtbare Mammon
Lauter Grünspan, ganz unkenntlich,
Garstig, wie dies Beispiel zeigt!«
Und hiermit warf sie den Kreuzer
Auf den Tisch, da lachte alles.

»Lassen Sie sich das erklären!«
Sagt ich, zu dem Gast gewendet:
»Wer in Schwaben einen neuen

Rock anhat zum ersten Male,
Muß von Freunden und Bekannten
In das neue Taschenfutter
Einen blanken Kreuzer haben;
Und so ward mir, ländlich sittlich,
Auch der meine vorgen Sommer
Für den hübschen Schlafrock, eben
Den man gegenwärtig sieht.
Jenen Morgen nun erging ich
Guten Mutes mich im Garten,
Tat auch wirklich wie sie sagt,
Doch was ich dabei mir dachte,
Muß ich wohl am besten wissen.
Ein Orakel sollt es sein,
Das der Herbst erproben würde:
Bringt die Kolbe blauen Samen,
Ist der liebe Gast nicht kommen;
Bringt sie weißen, wird er dasein
Eben wenn man sie eröffnet;
Und um sie genau zu zeichnen
Legt ich jene Münze ein.
Aber bald war dieses alles
Bis den Augenblick vergessen.
Und nun seht« –
»Nichts!« rief die Schwester:
»Nein, ich lasse mir's nicht nehmen,
Spekulieren wolltest du!
Und der Fall beweist nur wieder,
Was oft, dich in Schutz zu nehmen,
Andere mit mir bezeugten:
Daß mein teuerster Herr Bruder
Bei dem allerbesten Willen
Zum Kapitalisten eben
Einmal nicht geboren ist.«

Auf ein Ei geschrieben

Ostern ist zwar schon vorbei,
Also dies kein Osterei;
Doch wer sagt, es sei kein Segen,
Wenn im Mai die Hasen legen?
Aus der Pfanne, aus dem Schmalz
Schmeckt ein Eilein jedenfalls,
Und kurzum, mich tät's gaudieren,
Dir dies Ei zu präsentieren,
Und zugleich tät es mich kitzeln,
Dir ein Rätsel drauf zu kritzeln.

Die Sophisten und die Pfaffen
Stritten sich mit viel Geschrei:
Was hat Gott zuerst erschaffen,
Wohl die Henne? wohl das Ei?

Wäre das so schwer zu lösen?
Erstlich ward ein Ei erdacht:
Doch weil noch kein Huhn gewesen,
Schatz, so hat's der Has gebracht.

An Longus

Von Widerwarten eine Sorte kennen wir
Genau und haben ärgerlich sie oft belacht,
Ja einen eignen Namen ihr erschufest du,
Und heute noch beneid ich dir den kühnen Fund.

Zur Kurzweil gestern in der alten Handelsstadt,
Die mich herbergend einen Tag langweilete,
Ging ich vor Tisch, der Schiffe Ankunft mit zu sehn,
Nach dem Kanal, wo im Getümmel und Geschrei
Von tausendhändig aufgeregter Packmannschaft,
Faßwälzender, um Kist und Ballen fluchender,
Der tätige Faktor sich zeigt und, Gaffens halb,
Der Straßenjunge, beide Händ im Latze, steht.
Doch auf dem reinen Quaderdamme ab und zu
Spaziert' ein Pärchen; dieses faßt' ich mir ins Aug.
Im grünen, goldbeknöpften Frack ein junger Herr
Mit einer hübschen Dame, modisch aufgepfauscht.
Schnurrbartsbewußtsein trug und hob den ganzen Mann
Und glattgespannter Hosen Sicherheitsgefühl,
Kurz, von dem Hütchen bis hinab zum kleinen Sporn
Belebet' ihn vollendete Persönlichkeit.
Sie aber lachte pünktlich jedem dürftgen Scherz.
Der treue Pudel, an des Herren Knie gelockt,
Wird, ihr zum Spaße, schmerzlich in das Ohr gekneipt,
Bis er im hohen Fistelton gehorsam heult,
Zu Nachahmung ich weiß nicht welcher Sängerin.

Nun, dieser Liebenswerte, dächt ich, ist doch schon
Beinahe was mein Longus einen *Sehrmann* nennt;
Und auch die Dame war in hohem Grade sehr.
Doch nicht die affektierte Fratze, nicht allein

Den Gecken zeichnet dieses einzge Wort, vielmehr,
Was sich mit Selbstgefälligkeit Bedeutung gibt,
Amtliches Air, vornehm ablehnende Manier,
Dies und noch manches andere begreifet es.

Der Prinzipal vom Comptoir und der Kanzellei
Empfängt den Assistenten oder Kommis – denkt,
Er kam nach elfe gestern nacht zu Hause erst –
Den andern Tag mit einem langen Sehrgesicht.
Die Kammerzofe, die kokette Kellnerin,
Nachdem sie erst den Schäker kühn gemacht, tut bös,
Da er nun vom geraubten Kusse weitergeht:
»Ich muß recht, recht sehr bitten!« sagt sie wiederholt
Mit seriösem Nachdruck zum Verlegenen.

Die Tugend selber zeiget sich in Sehrheit gern.
O hättest du den jungen Geistlichen gesehn,
Dem ich nur neulich an der Kirchtür hospitiert!
Wie Milch und Blut ein Männchen, durchaus musterhaft;
Er wußt es auch; im wohlgezognen Backenbart,
Im blonden, war kein Härchen, wett ich, ungezählt.
Die Predigt roch mir seltsamlich nach Leier und Schwert,
Er kam nicht weg vom schönen Tod fürs Vaterland;
Ein paarmal gar riskiert' er liberal zu sein,
Höchst liberal – nun, halsgefährlich macht' er's nicht,
Doch wurden ihm die Ohren sichtlich warm dabei.
Zuletzt, herabgestiegen von der Kanzel, rauscht
Er strahlend, Kopf und Schultern wiegend, rasch vorbei
Dem duftgen Reihen tief bewegter Jungfräulein.
Und richtig macht er ihnen ein Sehrkompliment.

Besonders ist die Großmut ungemein sehrhaft.
Denn der Student, von edlem Burschentum erglüht,
Der hochgesinnte Leutnant, schreibet seinem Feind
(Ach *eine* Träne Juliens vermochte das!)
Nach schon erklärtem Ehrenkampfe, schnell versöhnt,

Lakonisch schön ein Sehrbillett – es rührt ihn selbst.
So ein Herr X, so ein Herr Z, als Rezensent,
Ist großer Sehrmann, Sehr-Sehrmann, just wenn er dir
Den Lorbeer reicht, beinahe mehr noch als wenn er
Sein höhnisch Sic! und Sapienti sat! hintrumpft.

Hiernächst versteht sich allerdings, daß viele auch
Nur teilweis und gelegentlich Sehrleute sind.
So haben wir an manchem herzlich lieben Freund
Ein unzweideutig Äderchen der Art bemerkt,
Und freilich immer eine Faust im Sack gemacht.
Doch wenn es nun vollendet erst erscheint, es sei
Mann oder Weib, der Menschheit Afterbild – o wer,
Dem sich im Busen ein gesundes Herz bewegt,
Erträgt es wohl? wem krümmte sich im Innern nicht
Das Eingeweide? Gift und Operment ist mir's!
Denn wären sie nur lächerlich! sie sind zumeist
Verrucht, abscheulich, wenn du sie beim Licht besiehst.
Kein Mensch beleidigt wie der Sehrmann und verletzt
Empfindlicher; wär's auch nur durch die Art wie er
Dich im Gespräch am Rockknopf faßt. Du schnöde Brut!
Wo einer auftritt, jedes Edle ist sogleich
Gelähmt, vernichtet neben ihnen, nichts behält
Den eignen, unbedingten Wert. Geht dir einmal
Der Mund in seiner Gegenwart begeistert auf,
Um was es sei – der Mann besitzt ein bleiernes,
Grausames Schweigen; völlig bringt dich's auf den Hund.
– Was hieße gottlos, wenn es dies Geschlecht nicht ist?
Und nicht im Schlaf auch fiel es ihnen ein, daß sie
Mit Haut und Haar des Teufels sind. Ich scherze nicht.
Durch Buße kommt ein Arger wohl zum Himmelreich:
Doch kann der Sehrmann Buße tun? O nimmermehr!
Drum fürcht ich, wenn sein abgeschiedner Geist dereinst
Sich, frech genug, des Paradieses Pforte naht,
Der rosigen, wo, Wache haltend, hellgelockt
Ein Engel lehnet, hingesenkt ein träumend Ohr

Den ewgen Melodien, die im Innern sind:
Aufschaut der Wächter, misset ruhig die Gestalt
Von Kopf zu Fuß, die fragende, und schüttelt jetzt
Mit sanftem Ernst, mitleidig fast, das schöne Haupt,
Links deutend, ungern, mit der Hand, abwärts den Pfad.
Befremdet, ja beleidigt stellt mein Mann sich an,
Und zaudert noch; doch da er sieht, hier sei es Ernst,
Schwenkt er in höchster Sehrheit trotziglich, getrost
Sich ab und schwänzelt ungesäumt der Hölle zu.

An meinen Vetter
Juni 1837

Lieber Vetter! Er ist eine
Von den freundlichen Naturen,
Die ich *Sommerwesten* nenne.
Denn sie haben wirklich etwas
Sonniges in ihrem Wesen.
Es sind weltliche Beamte,
Rechnungsräte, Revisoren,
Oder Kameralverwalter,
Auch wohl manchmal Herrn vom Handel,
Aber meist vom ältern Schlage,
Keinesweges Petitmaitres,
Haben manchmal hübsche Bäuche,
Und ihr Vaterland ist Schwaben.

Neulich auf der Reise traf ich
Auch mit einer Sommerweste
In der Post zu Besigheim
Eben zu Mittag zusammen.
Und wir speisten eine Suppe,
Darin rote Krebse schwammen,
Rindfleisch mit französ'schem Senfe,
Dazu liebliche Radieschen,
Dann Gemüse, und so weiter:
Schwatzten von der neusten Zeitung,
Und daß es an manchen Orten
Gestern stark gewittert habe.
Drüber zieht der wackre Herr ein
Silbern Büchslein aus der Tasche,
Sich die Zähne auszustochern;
Endlich stopft er sich zum schwarzen
Kaffee seine Meerschaumpfeife,

Dampft und diskurriert und schaut inmittelst einmal nach den Pferden.

Und ich sah ihm so von hinten
Nach und dachte: Ach, daß diese
Lieben, hellen Sommerwesten,
Die bequemen, angenehmen,
Endlich doch auch sterben müssen!

Häusliche Szene

Schlafzimmer. Präzeptor *Ziborius* und seine *junge Frau.*
Das Licht ist gelöscht.

»Schläfst du schon, Rike?« – »Noch nicht.« – »Sag, hast du denn heut die Kukumern
 Eingemacht?« – »Ja.« – »Und wieviel nahmst du mir Essig dazu?« –
»Nicht zwei völlige Maß.« – »Wie? fast zwei Maß? Und von welchem
 Krug? von dem kleinern doch nicht, links vor dem Fenster am Hof?«
»Freilich.« – »Verwünscht! So darf ich die Probe nun noch einmal machen,
 Eben indem ich gehofft schon das Ergebnis zu sehn!
Konntest du mich nicht fragen?« – »Du warst in der Schule.« – »Nicht warten?« –
 »Lieber, zu lange bereits lagen die Gurken mir da.«
»Unlängst sagt ich dir: nimm von Numero 7 zum Hausbrauch –«
 »Ach wer behielte denn stets alle die Zahlen im Kopf!« –
»Sieben behält sich doch wohl! nichts leichter behalten als sieben!
 Groß, mit arabischer Schrift, hält es der Zettel dir vor.« –
»Aber du wechselst den Ort nach der Sonne von Fenster zu Fenster
 Täglich, die Küche pressiert oft und ich suche mich blind.
Bester! dein Essiggebräu, fast will es mich endlich verdrießen.
 Ruhig, obgleich mit Not, trug ich so manches bis jetzt.
Daß du im Waschhaus dich einrichtetest, wo es an Raum fehlt,
 Destillierest und brennst, schien mir das Äußerste schon.

Nicht gern sah ich vom Stockbrett erst durch Kolben und Krüge
Meine Reseden verdrängt, Rosen und Sommerlevkoin,
Aber nun stehen ums Haus her rings vor jeglichem Fenster,
Halb gekleidet in Stroh, gläserne Bäuche gereiht;
Mir auf dem Herd stehn viere zum Hindernis, selber im Rauchfang
Hängt so ein Untier jetzt, wieder ein neuer Versuch!
Lächerlich machen wir uns – nimm mir's nicht übel!« – »Was sagst du?
Lächerlich?« – »Hättest du nur heut die Dekanin gehört.
Und in jeglichem Wort ihn selber vernahm ich den Spötter;
Boshaft ist er, dazu Schwager zum Pädagogarch.« –
»Nun?« – »Einer Festung verglich sie das Haus des Präzeptors, ein Bollwerk
Hieß mein Erker, es sei alles bespickt mit Geschütz!« –
»Schnödes Gerede, der lautere Neid! Ich hoffe mein Stecken-
Pferd zu behaupten, so gut als ihr Gemahl, der Dekan.
Freut's ihn, Kanarienvögel und Einwerfkäfige dutzend-
Weise zu haben, mich freut's, tüchtigen Essig zu ziehn.« –

Pause. Er scheint nachdenklich. Sie spricht für sich:

»Wahrlich, er dauert mich schon; ihn ängstet ein wenig die Drohung
Mit dem Studienrat, dem er schon lange nicht traut.« –

Er fährt fort:

»Als Präzeptor tat ich von je meine Pflicht; ein geschätzter
Gradus neuerlich gibt einiges Zeugnis davon.

Was ich auf materiellem Gebiet, in müßigen Stunden,
Manchem Gewerbe, dem Staat, denke zu leisten dereinst,
Ob ich meiner Familie nicht ansehnlichen Vorteil
Sichere noch mit der Zeit, dessen geschweig ich vorerst:
Aber – *den* will ich sehn, der einem geschundenen Schulmann
Ein Vergnügen wie das, Essig zu machen, verbeut!
Der von Allotrien spricht, von Lächerlichkeiten – er sei nun
Oberinspektor, er sei Rektor und Pädagogarch!
Greife nur einer mich an, ich will ihm dienen! Gewappnet
Findet ihr mich! Dreifach liegt mir das Erz um die Brust!
– Rike, du lachst! ... du verbirgst es umsonst! ich fühle die Stöße ...
Nun, was wandelt dich an? Närrst du mich, törichtes Weib?« –
»Lieber, närrischer, goldener Mann! wer bliebe hier ernsthaft?
Nein, dies Feuer hätt ich nimmer im Essig gesucht!« –
»Gnug mit den Possen! Ich sage dir, mir ist die Sache nicht spaßhaft.« –
»Ruhig! Unseren Streit, Alter, vergleichen wir schon.
Gar nicht fällt es mir ein, dir die einzige Freude zu rauben;
Zu viel hänget daran, und ich verstehe dich ganz.
Siehst du von deinem Katheder im Schulhaus so durch das Fenster
Über das Höfchen den Schatz deiner Gefäße dir an,
Alle vom Mittagsstrahl der herrlichen Sonne beschienen,
Die dir den gärenden Wein heimlich zu zeitigen glüht,
Nun, es erquicket dir Herz und Aug in sparsamen Pausen,
Wie das bunteste Brett meiner Levkoin es nicht tat;
Und ein Pfeifchen Tabak in diesem gemütlichen Anblick
Nimmt dir des Amtes Verdruß reiner als alles hinweg;

Ja seitdem du schon selbst mit eigenem Essig die rote
Dinte dir kochst, die sonst manchen Dreibätzner verschlang,
Ist dir, mein ich, der Wust der Exerzitienhefte
Minder verhaßt; dich labt still der bekannte Geruch.
Dies, wie mißgönnt ich es dir? Nur gehst du ein bißchen ins Weite.
Alles – so heißt dein Spruch – habe sein Maß und sein Ziel.« –
»Laß mich! Wenn mein Produkt dich einst zur vermöglichen Frau macht –«
»Bester, das sagtest du just auch bei der Seidenkultur.« –
»Kann ich dafür, daß das Futter mißriet, daß die Tiere krepierten? « –
»Seine Gefahr hat auch sicher das neue Geschäft.« –
»Namen und Ehre des Manns, die bringst du wohl gar nicht in Anschlag?« – –
»Ehre genug blieb uns, ehe wir Essig gebraut.« –
»Korrespondierendes Mitglied heiß ich dreier Vereine.« –
»Nähme nur *einer* im Jahr etliche Krüge dir ab!« –
»Dir fehlt jeder Begriff von rationellem Bestreben.« –
»Seit du ihn hast, fehlt dir abends ein guter Salat.«
»Undank! mein Fabrikat durch sämtliche Sorten ist trefflich.« –
»Numero 7 und 9 kenn ich, und – lobe sie nicht.« –
»Heut, wie ich merke, gefällst du dir sehr, mir in Versen zu trumpfen.« –
»Waren es Verse denn nicht, was du gesprochen bisher?« –
»Eine Schwäche des Mannes vom Fach, darfst du sie mißbrauchen?« –
»Unwillkürlich, wie du, red ich elegisches Maß.« –
»Mühsam übt ich dir's ein, harmlose Gespräche zu würzen.« –
»Freilich im bitteren Ernst nimmt es sich wunderlich aus.« –

»Also verbitt ich es jetzt; sprich wie dir der Schnabel gewachsen.« –
»Gut; laß sehen, wie sich Prose mit Distichen mischt.« –
»Unsinn! Brechen wir ab. Mit Weibern sich streiten ist fruchtlos.« –
»Fruchtlos nenn ich, im Schlot Essig bereiten, mein Schatz.« –
»Daß noch zum Schlusse mir dein Pentameter tritt auf die Ferse!« –
»Dein Hexameter zieht unwiderstehlich ihn nach.« –
»Ei, dir scheint er bequem, nur das Wort noch, das letzte zu haben:
Hab's! Ich schwöre, von mir hast du das letzte gehört.« –
»Meinetwegen; so mag ein Hexameter einmal allein stehn.« –

Pause. Der Mann wird unruhig, es peinigt ihn offenbar, das Distichon nicht geschlossen zu hören oder es nicht selber schließen zu dürfen. Nach einiger Zeit kommt ihm die Frau mit Lachen zu Hülfe und sagt:

»Alter! ich tat dir zuviel; wirklich, dein Essig passiert;
Wenn er dir künftig noch besser gerät, wohlan, so ist einzig
Dein das Verdienst, denn du hast wahrlich kein zänkisches Weib!« –

Er, gleichfalls herzlich lachend und sie küssend:

»Rike! morgenden Tags räum ich dir die vorderen Fenster
Sämtlich! und im Kamin prangen die Schinken allein!«

An meinen Arzt, Herrn Dr. Elsässer

Siehe! da stünd ich wieder auf meinen Füßen, und blicke
Froh erstaunt in die Welt, die mir im Rücken schon lag!
Aber ich spreche von Dank dir nicht: du liesest ihn besser
Mir im Auge, du fühlst hier ihn im Drucke der Hand.
Ich glückseliger Tor, der ich meine, du solltest verwundert
Über dich selber mit uns sein, ja gerührt, so wie ich!
Doch daran erkennen wir dich – Den schwindelnden Nachen
Herrlich meisternd fährt ruhig der Schiffer ans Land,
Wirft in den Kahn das Ruder, das, ach! so viele gerettet,
Laut umjauchzen sie ihn, aber er achtet es kaum,
Kettet das Schiff an den Pflock, und am Abend sitzt er beim Kruge
Wie ein anderer Mann, füllet sein Pfeifchen und ruht.

An O. H. Schönhuth,
Herausgeber des Nibelungenliedes
und verschiedener Volksbücher.
Bei der Geburt seines ersten Töchterchens

Das Neugeborne spricht:

Herr Vater, gebt Euch nur zufrieden!
Ich kann ja wahrlich nichts dafür;
Ein Mädchen hat Euch Gott beschieden,
Jedoch ein hübsches, sagt man mir.

Viermal war Euch der Himmel willig
Und hat den kühnern Wunsch erfüllt,
So gönnt er jetzt einmal, wie billig,
Der Welt ein Mutterebenbild.

Ihr rühmt Euch Eurer *Haimonskinder*;
Doch seht Ihr, einen sanften Stern
Zu Milderung der Kraft, nicht minder
Auch eine *Melusine* gern.

Ihr mögt aus mir ein Mägdlein bilden
Nach Eurem Sinn, von deutscher Art:
Nennt mich *Chriemhilden* und *Chlotilden*,
Gertrudis oder *Irmengard*.

Zur Harfe künftig sei gesungen
Manch Lied aus Eurem *Rosenflor*,
Ich lese selbst die *Nibelungen*
Euch im Originale vor.

Ich spinn Euch selbstgezogne Seide,
Will allen Fleiß den Bienen weihn;
Ich hoffe Eure Augenweide
Noch spät und Euer Stolz zu sein.

Mein Prahlen scheint Euch zu erbauen,
Ihr lächelt, und ich fasse Mut,
Noch etwas mehr Euch zu vertrauen;
Gewiß Ihr haltet mir's zugut.

Ich komme frisch vom Paradiese,
Wo man von künftgen Dingen sprach;
Man meint, wenn ich willkommen hieße,
So kämen noch drei Mädchen nach!

Ihr starrt mich an – um Gottes willen,
Hört mich, Papa, zähmt den Verdruß!
Es macht, die Neunzahl schön zu füllen,
Ein hörnen *Siegfried* den Beschluß.

An Gretchen

Jüngst, als unsere Mädchen, zur Fastnacht beide verkleidet,
Im Halbdunkel sich scheu erst an der Türe gezeigt,
Dann sich die Blonde als Schäferin dir, mir aber die kleine
Mohrin mit Lachen zumal warf in den offenen Arm,
Und du, Liebste, von fern mein Gefühl nicht ahnend, ins Ohr mir
(Der ich verblüfft dasaß) flüstertest »lobe sie doch« –:
O wie gedacht ich der Zeit, da *diese* nicht waren, und *wir* uns
Beide noch fremd, ja du selber noch hießest ein Kind.
Einst und jetzt im Wechsel – ein fliegender Blitz der Gedanken
Machte mich stumm, und hoch wallte vor Freuden mein Herz.

Der Petrefaktensammler

An zwei Freundinnen

Einmal noch an eurer Seite,
Meinen Hammer im Geleite,
Jene Frickenhauser Pfade,
Links und rechts und krumm und grade,
An dem Bächlein hin zu scherzen,
Dies verlangte mich von Herzen.
Aber dann mit tausend Freuden
Gleich den Hügel auf zu weiden,
Drin die goldnen Ammoniten,
Lias-Terebratuliten,
Pentakrinen auch, die zarten,
Alle sich zusammenscharten, –
Den uns gar nicht ungelegen
Just ein warmer Sommerregen
Ausgefurcht und abgewaschen,
Denn so füllt man sich die Taschen.
Auf dem Boden Hand und Knie,
Kriecht man fort, o süße Müh!
Und dazwischen mit Entzücken
Nach der Alb hinaufzublicken,
Deren burggekrönte Wände
Unser sonnig Talgelände,
Rebengrün und Wald und Wiesen
Streng mit dunkeln Schatten schließen!
Welche liebliche Magie,
Uns im Rücken, übten sie!
Eben noch in Sonne glimmend
Und in leichtem Dufte schwimmend,
Sieht man schwarz empor sie steigen,
Wie die blaue Nacht am Tag!
Blau, wie nur ein Traum es zeigen,

Doch kein Maler tuschen mag.
Seht, sie scheinen nah zu rücken,
Immer näher, immer dichter,
Und die gelben Regenlichter
All in unser Tal zu drücken!
Wahrlich, Schönres sah ich nie.

Wenn man nur an solcher Stätte
Zeit genug zum Schauen hätte!
Wißt ihr was? genießt ihr beiden
Gründlich diese Herrlichkeiten,
Auch für mich genießet sie!
Denn mich fickt' es allerdinge,
Wenn das rein verlorenginge.
Doch, den Zweck nicht zu verlieren,
Will ich jetzt auf allen vieren
Nach besagten Terebrateln
Noch ein Stückchen weiterkratteln;
Das ist auch wohl Poesie.

»Lang, lang ist's her«*

An Auguste Stark, geb. Mährlen, zu ihrer Hochzeit

Es gibt ein altes Liebeslied, vom Norden kommt's,
Wie ferne Glockenlaute, oder wie am Strand
Eintönig sanfter Wellenschlag sich wiederholt,
Dem man so gern, vergangner Zeiten denkend lauscht;
Denn endlos, süßer Wehmut unersättigt, kehrt
Das immer gleiche Wort zurück: Lang, lang ist's her.
– Du kennst es wohl, und nie vielleicht so lieblich mehr
Als jenen Tag aus deinem Munde hören wir's.

Wie kommt es doch, daß mitten hier im lauten Schwarm
Entzückter Gäste, die dein Fest versammelt hat,
Mir insgeheim die schlichte Weise immerdar
Im Ohre flüsternd liegen muß: Lang, lang ist's her –?
– Nachdenklich auch und wie der Gegenwart entrückt
Auf Augenblicke seh ich deinen Vater dort,
Den Freund, mit dem ich jung gewesen und bei dem
Das Herz mir immer jung aufgeht, so alt es sei.
Was wir erstrebt, genossen beide und verschmerzt,
In tausend Bildern drängt sich's vor die Seele mir:
Des Scherzes Fülle, dicht am Ernst, und Lieb und Haß,
Bei vielem Irrtum vieles doch, das nicht getäuscht.
– Ihm selber aber, wie muß ihm zu Sinne sein,
Die Tochter heut an eines edeln Mannes Hand
Zu sehn, dein liebes Haupt, o Kind, bekränzt von Ihr,
Die lächelnd uns in deiner bräutlichen Gestalt
Der eignen Jugend Blüte wieder schauen läßt!

Nun wendet sich dein Lebensweg; du gehst von uns,
Fernhin, wo dir ein trauter Herd bereitet ist,

* Irisches Volkslied: »Long, long ago.«

Und manches Auge sieht dir schwer von Tränen nach.
– Noch steht die Sonne dieses Tags am Himmel und
Noch heißt es Heute; wenn dies Heute Gestern heißt,
Wie anders liegt die Welt bereits vor deinem Blick!
– Und Jahr um Jahr vergeht gemach mit Eile so.
Ihr Inhalt ist zur Hälfte kaum des Menschen Wahl,
Die andre ruht in ewiger Mächte Liebesrat.
Wenn du an des Geliebten Seite künftighin
Des heutigen Fests Gedächtnis ohne uns begehst,
Wenn ihr in diesen gästereichen, heitern Saal
Euch einmal wieder ganz versetzt im Geist, und all
Die freundlichen Gesichter hier sich neu vor euch
Beleben zwischen Blumenschmuck und Gläserklang:
Dann laß zur stillen Abendstunde kerzenhell
Dein Zimmer sein und hell erleuchtet dein Klavier.
Sing ihm das alte Liedchen, das sich nie verlernt:
Lang, lang ist's her. – Was dir sein Kuß, sein Händedruck
Drauf sagen wird mit Schweigen – braucht's der Worte
noch?
Daß unveraltet Liebe doch und Treue bleibt,
Was auch der Zeiten Wandel sonst hinnehmen mag.

Ach nur einmal noch im Leben!

Im Fenster jenes alt verblichnen Gartensaals
Die Harfe, die, vom leisen Windhauch angeregt,
Lang ausgezogne Töne traurig wechseln läßt
In ungepflegter Spätherbst-Blumen-Einsamkeit,
Ist schön zu hören einen langen Nachmittag.
Nicht völlig unwert ihrer holden Nachbarschaft
Stöhnt auf dem grauen Zwingerturm die Fahne dort,
Wenn stürmischer oft die Wolken ziehen überhin.

In meinem Garten aber (hieß' er nur noch mein!)
Ging so ein Hinterpförtchen frei ins Feld hinaus,
Abseits vom Dorf. Wie manches liebe Mal stieß ich
Den Riegel auf an der geschwärzten Gattertür
Und bog das überhängende Gesträuch zurück,
Indem sie sich auf rostgen Angeln schwer gedreht! –
Die Tür nun, musikalisch mannigfach begabt,
Für ihre Jahre noch ein ganz annehmlicher
Sopran (wenn sie nicht eben wetterlaunisch war),
Verriet mir eines Tages – plötzlich, wie es schien,
Erweckt aus einer lieblichen Erinnerung –
Ein schöneres Empfinden, höhere Fähigkeit.
Ich öffne sie gewohnter Weise, da beginnt
Sie zärtlich eine Arie, die mein Ohr sogleich
Bekannt ansprach. Wie? rief ich staunend: träum ich denn?
War das nicht »Ach nur einmal noch im Leben« ganz?
Aus Titus, wenn mir recht ist? – Alsbald ließ ich sie
Die Stelle wiederholen; und ich irrte nicht!

Denn langsamer, bestimmter, seelenvoller nun
Da capo sang die Alte: »Ach nur einmal noch!«
Die fünf, sechs ersten Noten nämlich, weiter kaum,
Hingegen war auch dieser Anfang tadellos.
– Und was, frug ich nach einer kurzen Stille sie,
Was denn noch einmal? Sprich, woher, Elegische,
Hast du das Lied? Ging etwa denn zu deiner Zeit
(Die neunziger Jahre meint ich) hier ein schönes Kind,
Des Pfarrers Enkeltochter, sittsam aus und ein,
Und hörtest du sie durch das offne Fenster oft
Am grünlackierten, goldbeblümten Pantalon
Hellstimmig singen? Des gestrengen Mütterchens
Gedenkst du auch, der Hausfrau, die so reinlich stets
Den Garten hielt, gleich wie sie selber war, wann sie
Nach schwülem Tag am Abend ihren Kohl begoß,
Derweil der Pfarrherr ein paar Freunden aus der Stadt,
Die eben weggegangen, das Geleite gab;
Er hatte sie bewirtet in der Laube dort,
Ein lieber Mann, redseliger Weitschweifigkeit.
Vorbei ist nun das alles und kehrt nimmer so!
Wir Jüngern heutzutage treiben's ungefähr
Zwar gleichermaßen, wackre Leute ebenfalls;
Doch besser dünkt ja allen was vergangen ist.
Es kommt die Zeit, da werden wir auch ferne weg-
Gezogen sein, den Garten lassend und das Haus.
Dann wünschest du nächst jenen Alten uns zurück,
Und schmückt vielleicht ein treues Herz vom Dorf
einmal,
Mein denkend und der Meinen, im Vorübergehn
Dein morsches Holz mit hellem Ackerblumenkranz.

Denk es, o Seele!

Fussreise

Am frischgeschnittnen Wanderstab
Wenn ich in der Frühe
So durch Wälder ziehe,
Hügel auf und ab:
Dann, wie's Vöglein im Laube
Singet und sich rührt,
Oder wie die goldne Traube
Wonnegeister spürt
In der ersten Morgensonne:
So fühlt auch mein alter, lieber
Adam Herbst- und Frühlingsfieber,
Gottbeherzte,
Nie verscherzte
Erstlings-Paradieseswonne.

Also bist du nicht so schlimm, o alter
Adam, wie die strengen Lehrer sagen;
Liebst und lobst du immer doch,
Singst und preisest immer noch,
Wie an ewig neuen Schöpfungstagen,
Deinen lieben Schöpfer und Erhalter.
Möcht es dieser geben,
Und mein ganzes Leben
Wär im leichten Wanderschweiße
Eine solche Morgenreise!

Erbauliche Betrachtung

Als wie im Forst ein Jäger, der, am heißen Tag
Im Eichenschatten ruhend, mit zufriednem Blick
Auf seine Hunde niederschaut, das treue Paar,
Das, Hals um Hals geschlungen, brüderlich den Schlaf,
Und schlafend noch des Jagens Lust und Mühe teilt:
So schau ich hier an des Gehölzes Schattenrand
Bei kurzer Rast auf meiner eignen Füße Paar
Hinab, nicht ohne Rührung; in gewissem Sinn
Zum erstenmal, so alt ich bin, betracht ich sie,
Und bin fürwahr von ihrem Dasein überrascht,
Wie sie, in Schuhn bis übern Knöchel eingeschnürt,
Bestäubt da vor mir liegen im verlechzten Gras.

Wie manches Lustrum, ehrliche Gesellen, schleppt
Ihr mich auf dieser buckeligen Welt umher,
Gehorsam eurem Herren jeden Augenblick,
Tag oder Nacht, wohin er nur mit euch begehrt.
Sein Wandel mochte töricht oder weislich sein,
Den besten Herrn, wenn man euch hörte, trugt ihr stets.
Ihr seid bereit, den Unglimpf, der ihm widerfuhr,
– Und wäre sein Beleidiger ein Reichsbaron –
Alsbald zu strafen mit ergrimmtem Hundetritt
(Doch hiefür hat er selber zu viel Lebensart).
Wo war ein Berg zu steil für euch, zu jäh ein Fels?
Und glücklich immer habt ihr mich nach Haus gebracht;
Gleichwohl noch nie mit einem Wörtchen dankt ich euch,
Vom Schönsten was mein Herz genoß erfuhrt ihr nichts!

Wenn, von der blausten Frühlingsmitternacht entzückt,
Oft aus der Gartenlaube weg vom Zechgelag
Mein hochgestimmter Freund mich noch hinausgelockt,

Die offne Straße hinzuschwärmen raschen Gangs,
Wir Jünglinge, des Jugendglückes Übermaß
Als baren Schmerz empfindend, ins Unendliche
Die Geister hetzten, und die Rede wie Feuer troff,
Bis wir zuletzt an Kühnheit mit dem sichern Mann
Wetteiferten, da dieser Urwelts-Göttersohn
In Flößerstiefeln vom Gebirg zum Himmel sich
Verstieg und mit der breiten Hand der Sterne Heer
Zusammenstrich in einen Habersack und den
Mit großem Schnaufen bis zum Rand der Schöpfung trug,
Den Plunder auszuschütteln vor das Weltentor –
Ach, gute Bursche, damals wart ihr auch dabei,
Und wo nicht sonst, davon ich jetzo schweigen will!
Bleibt mir getreu, und altert schneller nicht als ich!
Wir haben, hoff ich, noch ein schön Stück Wegs vor uns;
Zwar weiß ich's nicht, den Göttern sei es heimgestellt.
Doch wie es falle, laßt euch nichts mit mir gereun.
Auf meinem Grabstein soll man ein Paar Schuhe sehn,
Den Stab darüber und den Reisehut gelegt,
Das beste Sinnbild eines ruhenden Wandersmanns.
Wer dann mich segnet, der vergißt auch eurer nicht.
Genug für jetzt! denn dort seh ich's gewitterschwer
Von Mittag kommen, und mich deucht, es donnert schon.
Eh uns der Regen übereilt, ihr Knaben, auf!
Die Steig hinab! zum Städtchen langt sich's eben noch.

Gebet

Herr! schicke was du willt,
Ein Liebes oder Leides;
Ich bin vergnügt, daß beides
Aus Deinen Händen quillt.

Wollest mit Freuden
Und wollest mit Leiden
Mich nicht überschütten!
Doch in der Mitten
Liegt holdes Bescheiden.

Verborgenheit

Laß, o Welt, o laß mich sein!
Locket nicht mit Liebesgaben,
Laßt dies Herz alleine haben
Seine Wonne, seine Pein!

Was ich traure weiß ich nicht,
Es ist unbekanntes Wehe;
Immerdar durch Tränen sehe
Ich der Sonne liebes Licht.

Oft bin ich mir kaum bewußt,
Und die helle Freude zücket
Durch die Schwere, so mich drücket
Wonniglich in meiner Brust.

Laß, o Welt, o laß mich sein!
Locket nicht mit Liebesgaben,
Laßt dies Herz alleine haben
Seine Wonne, seine Pein!

Denk es, o Seele!

Ein Tännlein grünet wo,
Wer weiß, im Walde,
Ein Rosenstrauch, wer sagt,
In welchem Garten?
Sie sind erlesen schon,
Denk es, o Seele,
Auf deinem Grab zu wurzeln
Und zu wachsen.

Zwei schwarze Rößlein weiden
Auf der Wiese,
Sie kehren heim zur Stadt
In muntern Sprüngen.
Sie werden schrittweis gehn
Mit deiner Leiche;
Vielleicht, vielleicht noch eh
An ihren Hufen
Das Eisen los wird,
Das ich blitzen sehe!

Auf dem Krankenbette

Gleichwie ein Vogel am Fenster vorbei mit sonnebeglänztem
Flügel den blitzenden Schein wirft in ein schattig Gemach,
Also, mitten im Gram um verlorene Jahre des Siechbetts,
Überraschet und weckt leuchtende Hoffnung mich oft.

Erinna an Sappho

(Erinna, eine hochgepriesene junge Dichterin des griechischen Altertums, um 600 v. Chr., Freundin und Schülerin Sapphos zu Mitylene auf Lesbos. Sie starb als Mädchen mit neunzehn Jahren. Ihr berühmtestes Werk war ein episches Gedicht, »Die Spindel«, von dem man jedoch nichts Näheres weiß. Überhaupt haben sich von ihren Poesien nur einige Bruchstücke von wenigen Zeilen und drei Epigramme erhalten. Es wurden ihr zwei Statuen errichtet, und die Anthologie hat mehrere Epigramme zu ihrem Ruhme von verschiedenen Verfassern.)

»Vielfach sind zum Hades die Pfade«, heißt ein
Altes Liedchen – »und einen gehst du selber,
Zweifle nicht!« Wer, süßeste Sappho, zweifelt?
Sagt es nicht jeglicher Tag?

Doch den Lebenden haftet nur leicht im Busen
Solch ein Wort, und dem Meer anwohnend ein Fischer von Kind auf
Hört im stumpferen Ohr der Wogen Geräusch nicht mehr.
– Wundersam aber erschrak mir heute das Herz. Vernimm!

Sonniger Morgenglanz im Garten,
Ergossen um der Bäume Wipfel,
Lockte die Langschläferin (denn so schaltest du jüngst Erinna!)
Früh vom schwüligen Lager hinweg.
Stille war mein Gemüt; in den Adern aber
Unstet klopfte das Blut bei der Wangen Blässe.

Als ich am Putztisch jetzo die Flechten löste,
Dann mit nardeduftendem Kamm vor der Stirn den Haar-
Schleier teilte – seltsam betraf mich im Spiegel Blick in Blick.
Augen, sagt ich, ihr Augen, was wollt ihr?
Du, mein Geist, heute noch sicher behaust da drinne,
Lebendigen Sinnen traulich vermählt,

Wie mit fremdendem Ernst, lächelnd halb, ein Dämon,
Nickst du mich an, Tod weissagend!
– Ha, da mit eins durchzuckt' es mich
Wie Wetterschein! wie wenn schwarzgefiedert ein tödlicher Pfeil
Streifte die Schläfe hart vorbei,
Daß ich, die Hände gedeckt aufs Antlitz, lange
Staunend blieb, in die nachtschaurige Kluft schwindelnd hinab.

Und das eigene Todesgeschick erwog ich;
Trockenen Augs noch erst,
Bis da ich dein, o Sappho, dachte,
Und der Freundinnen all,
Und anmutiger Musenkunst,
Gleich da quollen die Tränen mir.

Und dort blinkte vom Tisch das schöne Kopfnetz, dein Geschenk,
Köstliches Byssosgeweb, von goldnen Bienlein schwärmend.
Dieses, wenn wir demnächst das blumige Fest
Feiern der herrlichen Tochter Demeters,
Möcht ich *ihr* weihn, für meinen Teil und deinen;
Daß sie hold uns bleibe (denn viel vermag sie),
Daß du zu früh dir nicht die braune Locke mögest
Für Erinna vom lieben Haupte trennen.

O Muse, du hast mein Herz berührt

Am Walde

Am Waldsaum kann ich lange Nachmittage,
Dem Kuckuck horchend, in dem Grase liegen;
Er scheint das Tal gemächlich einzuwiegen
Im friedevollen Gleichklang seiner Klage.

Da ist mir wohl, und meine schlimmste Plage,
Den Fratzen der Gesellschaft mich zu fügen,
Hier wird sie mich doch endlich nicht bekriegen,
Wo ich auf eigne Weise mich behage.

Und wenn die feinen Leute nur erst dächten,
Wie schön Poeten ihre Zeit verschwenden,
Sie würden mich zuletzt noch gar beneiden.

Denn des Sonetts gedrängte Kränze flechten
Sich wie von selber unter meinen Händen,
Indes die Augen in der Ferne weiden.

Keine Rettung

Kunst! o in deine Arme wie gern entflöh ich dem Eros!
Doch du Himmlische hegst selbst den Verräter im Schoß!

An eine Lieblingsbuche meines Gartens in deren Stamm ich Höltys Namen schnitt

Holdeste Dryas, halte mir still! es schmerzet nur wenig:
Mit wollüstigem Reiz schließt sich die Wunde geschwind.
Eines Dichters Namen zu tragen bist du gewürdigt,
Keinen Lieberen hat Wiese noch Wald mir genannt.
Sei du künftig von allen deinen Geschwistern die erste,
Welche der kommende Lenz wecket und reichlich belaubt!
Und ein liebendes Mädchen, von deinem Dunkel umduftet,
Sehe den Namen, der, halb nur verborgen, ihr winkt.
Leise drückt sie, gedankenvoll, die Lippen auf diese
Lettern, es dringet ihr Kuß dir an das innerste Mark.
Wehe der Hand, die dich zu schädigen waget! Ihr glücke
Nimmer, in Feld und Haus, nimmer ein friedliches Werk!

Ich sah den Helikon in Wolkendunst,
Nur kaum berührt vom ersten Sonnenstrahle:
Schau! jetzo stehen hoch mit einem Male
Die Gipfel dort in Morgenrötebrunst.

Hier unten spricht von keuscher Musen Gunst
Der heilge Quell im dunkelgrünen Tale;
Wer aber schöpft mit reiner Opferschale,
Wie einst, den echten Tau der alten Kunst?

Wie? soll ich endlich keinen Meister sehn?
Will keiner mehr den alten Lorbeer pflücken?
– Da sah ich Iphigeniens Dichter stehn:

Er ist's, an dessen Blick sich diese Höhn
So zauberhaft, so sonnewarm erquicken.
Er geht, und frostig rauhe Lüfte wehn.

Muse und Dichter

»Krank nun vollends und matt! Und du, o Himmlische, willst mir
Auch schon verstummen – o was deutet dies Schweigen mir an?
Gib die Leier!« – »Nicht doch, dir ist die Ruhe geboten.
Schlafe! träume nur! still ruf ich dir Hülfe herab.
Deinem Haupte noch blühet ein Kranz; und sei es zum Leben,
Sei's zum Tode, getrost! meine Hand windet ihn dir.«
»Keinen Lorbeer will ich, die kalte Stirne zu schmücken:
Laß mich leben, und gib fröhliche Blumen zum Strauß!«

Auf einer Wanderung

In ein freundliches Städtchen tret ich ein,
In den Straßen liegt roter Abendschein.
Aus einem offnen Fenster eben,
Über den reichsten Blumenflor
Hinweg, hört man Goldglockentöne schweben,
Und *eine* Stimme scheint ein Nachtigallenchor,
Daß die Blüten beben,
Daß die Lüfte leben,
Daß in höherem Rot die Rosen leuchten vor.

Lang hielt ich staunend, lustbeklommen.
Wie ich hinaus vors Tor gekommen,
Ich weiß es wahrlich selber nicht.
Ach hier, wie liegt die Welt so licht!
Der Himmel wogt in purpurnem Gewühle,
Rückwärts die Stadt in goldnem Rauch;
Wie rauscht der Erlenbach, wie rauscht im Grund
die Mühle!
Ich bin wie trunken, irrgeführt –
O Muse, du hast mein Herz berührt
Mit einem Liebeshauch!

Gesang Weylas

Du bist Orplid, mein Land!
Das ferne leuchtet;
Vom Meere dampfet dein besonnter Strand
Den Nebel, so der Götter Wange feuchtet.

Uralte Wasser steigen
Verjüngt um deine Hüften, Kind!
Vor deiner Gottheit beugen
Sich Könige, die deine Wärter sind.

Göttliche Reminiszenz

Πάντα δί αύτοῦ ἐγένετο.
Ev. Joh. 1,3

Vorlängst sah ich ein wundersames Bild gemalt,
Im Kloster der Kartäuser, das ich oft besucht.
Heut, da ich im Gebirge droben einsam ging,
Umstarrt von wild zerstreuter Felsentrümmersaat,
Trat es mit frischen Farben vor die Seele mir.

An jäher Steinkluft, deren dünn begraster Saum,
Von zweien Palmen überschattet, magre Kost
Den Ziegen beut, den steilauf weidenden am Hang,
Sieht man den Knaben Jesus sitzend auf Gestein;
Ein weißes Vlies als Polster ist ihm unterlegt.
Nicht allzu kindlich deuchte mir das schöne Kind;
Der heiße Sommer, sicherlich sein fünfter schon,
Hat seine Glieder, welche bis zum Knie herab
Das gelbe Röckchen decket mit dem Purpursaum,
Hat die gesunden, zarten Wangen sanft gebräunt;
Aus schwarzen Augen leuchtet stille Feuerkraft,
Den Mund jedoch umfremdet unnennbarer Reiz.
Ein alter Hirte, freundlich zu dem Kind gebeugt,
Gab ihm soeben ein versteinert Meergewächs,
Seltsam gestaltet, in die Hand zum Zeitvertreib.
Der Knabe hat das Wunderding beschaut, und jetzt,
Gleichsam betroffen, spannet sich der weite Blick,
Entgegen dir, doch wirklich ohne Gegenstand,
Durchdringend ewge Zeitenfernen, grenzenlos:
Als wittre durch die überwölkte Stirn ein Blitz
Der Gottheit, ein Erinnern, das im gleichen Nu
Erloschen sein wird; und das welterschaffende,
Das Wort von Anfang, als ein spielend Erdenkind
Mit Lächeln zeigt's unwissend dir sein eigen Werk.

Auf eine Lampe

Noch unverrückt, o schöne Lampe, schmückest du,
An leichten Ketten zierlich aufgehangen hier,
Die Decke des nun fast vergeßnen Lustgemachs.
Auf deiner weißen Marmorschale, deren Rand
Der Efeukranz von goldengrünem Erz umflicht,
Schlingt fröhlich eine Kinderschar den Ringelreihn.
Wie reizend alles! lachend, und ein sanfter Geist
Des Ernstes doch ergossen um die ganze Form –
Ein Kunstgebild der echten Art. Wer achtet sein?
Was aber schön ist, selig scheint es in ihm selbst.

Inschrift auf eine Uhr mit den drei Horen

Βάϱδισται μαχάϱων Ὥϱαι ψίλαϱ –
Theokr.

Am langsamsten von allen Göttern wandeln wir,
Mit Blätterkronen schön geschmückte, schweigsame.
Doch wer uns ehrt und wem wir selber günstig sind,
Weil er die Anmut liebet und das heilge Maß,
Vor dessen Augen schweben wir im leichten Tanz
Und machen mannigfaltig ihm den langen Tag.

Mit einem Anakreonskopf und einem Fläschchen Rosenöl

Als der Winter die Rosen geraubt, die Anakreons Scheitel
Kränzten am fröhlichen Mahl, wo er die Saiten gerührt,
Träufelt' ihr köstliches Öl in das Haar ihm Aphrogeneia,
Und ein rosiger Hauch haftet an jeglichem Lied.
Doch nur wo ein *Liebender* singt die Töne des Greisen,
Füllet Hallen und Saal wieder der herrliche Duft.

An Philomele

Tonleiterähnlich steiget dein Klaggesang
Vollschwellend auf, wie wenn man Bouteillen füllt:
  Es steigt und steigt im Hals der Flasche –
    Sieh, und das liebliche Naß schäumt über.

O Sängerin, dir möcht ich ein Liedchen weihn,
Voll Lieb und Sehnsucht! aber ich stocke schon;
  Ach, mein unselig Gleichnis regt mir
    Plötzlich den Durst und mein Gaumen lechzet.

Verzeih! im Jägerschlößchen ist frisches Bier
Und Kegelabend heut: ich versprach es halb
  Dem Oberamtsgerichtsverweser,
    Auch dem Notar und dem Oberförster.

Mein Wappen ist nicht adelig,
Mein Leben nicht untadelig -
Und was da wert sei mein Gedicht,
Fürwahr, das weiß ich selber nicht.

Die Visite

Philister kommen angezogen:
Man sucht im Garten mich und Haus;
Doch war der Vogel ausgeflogen,
Zu dem geliebten Wald hinaus.
Sie kommen, mich auch da zu stören:
Es ruft, und ruft im Widerhall –
Gleich laß ich mich als Kuckuck hören,
Bin nirgends und bin überall.

So führt ich sie, nur wie im Traume,
Als Puck im ganzen Wald herum;
Ich pfiff und sang von jedem Baume,
Sie sahn sich fast die Hälse krumm.
Nun schalten sie: Verfluchte Possen!
Der Sonderling! der Grobian!
Da komm ich grunzend angeschossen,
Ein Eber, mit gefletschtem Zahn.

Mit Schrein, als wenn der Boden brennte,
Zerstob ein Teil im wilden Lauf,
Die andern kletterten behende
Den nächsten besten Baum hinauf;
Sie krochen weislich bis zum Gipfel,
Und sahen nicht einmal zurück,
Doch ich als Eichhorn saß im Wipfel,
Ich grüße sie und wünsche Glück.

»Ei, welch ein allerliebstes Späßchen!
Gott grüß Sie, schöne Fraun und Herrn!
Sie kommen, hoff ich, auf ein Täßchen
Eichelkaffee? Von Herzen gern!«

– Allein sie fanden's nicht gemütlich
In dieser ungewohnten Höh.
So schieden wir für heute gütlich;
Doch wehe meiner Renommee!

Abschied

Unangeklopft ein Herr tritt abends bei mir ein:
»Ich habe die Ehr, Ihr Rezensent zu sein.«
Sofort nimmt er das Licht in die Hand,
Besieht lang meinen Schatten an der Wand,
Rückt nah und fern: »Nun, lieber junger Mann,
Sehn Sie doch gefälligst mal Ihre Nas so von der Seite an!
Sie geben zu, daß das ein Auswuchs is.«
– Das? Alle Wetter – gewiß!
Ei Hasen! ich dachte nicht,
All mein Lebtage nicht,
Daß ich so eine Weltsnase führt im Gesicht!!

Der Mann sprach noch Verschiednes hin und her,
Ich weiß, auf meine Ehre, nicht mehr;
Meinte vielleicht, ich sollt ihm beichten.
Zuletzt stand er auf; ich tat ihm leuchten.
Wie wir nun an der Treppe sind,
Da geb ich ihm, ganz froh gesinnt,
Einen kleinen Tritt,
Nur so von hinten aufs Gesäße, mit –
Alle Hagel! ward das ein Gerumpel,
Ein Gepurzel, ein Gehumpel!
Dergleichen hab ich nie gesehn,
All mein Lebtage nicht gesehn
Einen Menschen so rasch die Trepp hinabgehn!

Anhang

Nachwort

Eduard Mörike sei, so Gottfried Keller, ein »famoser Poet«, »es ist gerade, wie wenn er der Sohn des Horaz und einer feinen Schwäbin wäre«. Die regionale Gebundenheit Mörikes ist unübersehbar; ebenso fraglos ist, daß sein Werk regionale Bezüge aufweist. Freilich gilt dies für sein lyrisches Werk in deutlich geringerem Maße als für sein erzählerisches, wobei ohnehin die landsmannschaftliche Einbettung schon bei den Zeitgenossen und bis in die Gegenwart den Blick auf das Werk auch verstellt und dessen mögliche Wirkung beeinträchtigt hat; der Kontrapunkt, den Keller mit der Behauptung der Vaterschaft des Horaz setzt, ist nicht immer wahrgenommen worden. Dabei ist die Nähe zu Horaz keineswegs nur in der Übernahme antiker Formen zu sehen, die Mörike vor allem seit den vierziger Jahren vielfach verwendet hat; vielmehr ist seine Sohnschaft in der Verbindung von literarischer Meisterschaft und poetischem Bewußtsein und in der Vieltönigkeit des lyrischen Sprechens zu erkennen. Von seinen ersten Gedichten an beherrscht Mörike die lyrischen Sprechweisen und weiß virtuos mit ihnen umzugehen, in der artifiziellen Adaption einfacher Formen wie des Volkslieds ebenso wie im kunstfertigen Umgang mit der Ballade oder im Gebrauch strenger Formen wie der Stanze oder des Sonetts. Seine Formkunst zeigt sich im sicheren Umgang mit Metrum und Rhythmus, verbunden mit einer bemerkenswerten Musikalität der Sprache; es kommt nicht von ungefähr, daß gerade seine Gedichte immer wieder zur Vertonung herausgefordert haben. Zu den Charakteristika der Lyrik Mörikes, bereits seiner frühen, gehört zudem die Spannung zwischen scheinbarer Schlichtheit und artistischer Handhabung der poetischen Mittel. Mörike ist ein Meister der Einfachheit. In einfachen wie in komplexen Formen erreicht er eine unmittelbar einleuchtende Selbstverständlichkeit des Sprechens. Zu seiner Lyrik gehört die Suggestion von Authentizität, die freilich das Produkt künstlerischer Arbeit ist. Mörikes Gedichte sind poetische Inszenierungen und darin Ausdruck hoher poetischer Bewußtheit. Seine Balladen, in denen er die literarhistorisch vorgegebenen Möglichkeiten gleichsam experimentell durchspielt, sind dafür ein Beispiel.

Die Sicherheit, mit der Mörike über die Möglichkeiten lyrischen Sprechens verfügt, ist zugleich die Voraussetzung für die innovativen Leistungen seiner Lyrik, in Neuschöpfungen (wie »herbstkräftig«, »nachtschaurig«, »Liebesschauerlust«), in der präzisen lyrischen Benennung von ›Zwischentönen‹, etwa von ›verschwimmenden‹ Naturvorgängen, und in der Metaphorik. Dabei greift Mörike auch zu kühnen Metaphern, nicht selten verbunden mit grammatischen, auch syntaktischen Ungewöhnlichkeiten (»Der Himmel wogt in purpurnem Gewühle«; »Vom Meere dampfet dein besonnter Strand / Den Nebel«). Hier weist seine Lyrik auf Entwicklungen der Moderne voraus; in manchen seiner Verse läßt sich ein deutlicher Vorrang der sprachlichen Bewegung vor der Aussage beobachten. Die Verbindung von an Goethe geschulter lyrischer Anschauung, romantischer Entgrenzung in der Metaphorik und moderner Ermächtigung der Sprache macht die Besonderheit der Lyrik Mörikes aus; darin nimmt er literaturhistorisch eine Zwischenstellung ein, die jedoch in keiner Weise als epigonal zu bestimmen ist, vielmehr gerade seine literarische und literaturhistorische Eigenständigkeit begründet.

Mörike hat dies in seinen Gedichten bedacht. Zu seinem poetischen Bewußtsein gehört die Reflexion der eigenen literaturhistorischen Stellung und die lyrische Erkundung neuer Möglichkeiten. Dies ist beispielhaft an seiner Naturlyrik zu erkennen. Er schließt darin an die

Romantik an, etwa in der Motivik von Traum und Träumen, in der Tendenz zur Synästhesie, in der Parallelisierung von Gestimmtheiten und Jahreszeiten oder im Spiel mit den Tageszeiten, mit Tag und Nacht, Sonnenaufgang oder Mitternacht. Zugleich jedoch wird immer wieder die als schmerzlich empfundene Erfahrung durchgespielt, daß das romantische Programm, in der Poesie die Natur zur Sprache zu bringen und so die moderne Entfremdung in der Einheit von Mensch und Natur aufzuheben, nicht erfüllt werden kann: »Vergebens! und dein kühles Element / Tropft an mir ab, im Grase zu versinken«, heißt es in *Besuch in Urach.* Dem naturpoetischen Programm der Romantik setzt Mörike die Wendung nach ›außen‹ entgegen; in *An einem Wintermorgen, vor Sonnenaufgang* wird dies programmatisch vorgeführt. Und er entwickelt, etwa in *Septembermorgen* oder *Er ist's*, eine Naturlyrik, in der im Bewußtsein unaufhebbarer Trennung Natur ›angeschaut‹, die Erfahrung von Natur von einem zwar emotional beteiligten, gleichwohl jedoch distanzierten Sprecher zur Sprache gebracht wird. Gleiches gilt für seine Naturlyrik in antiker Form, etwa für *Die schöne Buche.* Die Naturvorgänge werden von einem Beobachter präsentiert; die Gedichte inszenieren dessen Blick auf die Natur, seine Wahrnehmung der Naturdinge. In diesem Sinne kann von realistischen Gedichten gesprochen werden; Mörike vollzieht damit in seiner Lyrik den für die literarische Entwicklung des 19. Jahrhunderts nachhaltig wirksamen Wandlungsprozeß hin zum Realismus. Und er nutzt diese Möglichkeit lyrischen Sprechens, in der die Natur ihre Bedeutsamkeit in der sprachlichen Gestaltung gewinnt, auch für die lyrische Präsentation von Artefakten. In Gedichten wie *Auf eine Lampe* entwickelt er einen Gedichttypus, der später und im Blick auf andere, ihm folgende Lyriker mit dem etwas mißverständlichen Begriff des Dinggedichts bezeichnet wurde. Kennzeichnend für diese Gedichte ist, daß der in Rede stehende Gegenstand erst in der Hervorbringung im Gedicht, in der poetischen Inszenierung zum Kunstwerk wird. Mörikes hohe Formkunst ist nicht zuletzt Ausdruck der Distanznahme zur eigenen Gegenwart, freilich nicht, wie dies gelegentlich mißverstanden wurde, als Rückzug (gar in eine verklärte Idylle), sondern als poetischer Gegenentwurf zu den Entfremdungserfahrungen der Moderne, wie sie zeitgenössisch unter dem Stichwort ›Zerrissenheit‹ reflektiert wurden.

Mörikes poetische Bewußtheit, vor allem seine Tendenz, lyrische Möglichkeiten durchzuspielen, begründet auch die erstaunliche Vieltönigkeit seiner Lyrik. Schon der junge Mörike verfügt über eine bemerkenswerte Vielfalt der lyrischen Formen, Genres und Sprechweisen. Volkslied und Ballade, verschiedene Strophenformen des Kunstlieds, freie Formen aus dem Umfeld der ›Erlebnislyrik‹ sind ebenso vertreten wie Hymne oder Sonett, wie Spruchdichtung, Scherzgedichte oder Unsinnspoesie, dazu kommen unterschiedliche Ausprägungen der Gelegenheitsdichtung. Bei seinen antikisierenden Gedichten kehrt solche Vielfalt wieder. Neben Epigramm und Elegie erscheinen Epistel, Idylle und Ode, wobei Mörike, wie in *An eine Äolsharfe*, die antiken Odenmaße gelegentlich auch nur anspielt und spielerisch verwandelt.

Beispielhaft für diese Vieltönigkeit ist nicht zuletzt Mörikes bemerkenswert vielstimmige Liebeslyrik. Schon in seiner frühen Lyrik gibt es neben den wesentlich biographisch initiierten, zugleich jedoch literarisch vorgeprägten Gedichten wie den Sonetten oder *Peregrina* das literarische Spiel mit den überkommenen Möglichkeiten der Gattung, in Rollengedichten wie *Erstes Liebeslied eines Mädchens*, in Liedern im Volkston wie *Das verlassene Mägdlein* oder in scherzhaften Gedichten wie *Begegnung*. Mit den antikisierenden Gedichten erweitert Mörike auch das Spektrum seiner Liebeslyrik; die Einkleidung in die antike Form eröffnet einen Freiraum, den er für eine Reihe erotischer Gedichte wie *Leichte Beute*, *Versuchung* oder *Götterwink* nutzt, in denen, kontrapunktisch zum Sünden- und Schuldbewußtsein der *Peregrina*-Gedichte oder zur religiösen Erhöhung und Beschwerung in den Sonetten, in souveräner Aneignung antiker Muster eine heitere und selbstverständlich-natürliche Sinnlichkeit gestaltet ist. So erscheint in seiner Liebeslyrik ein breites Panorama möglicher Liebeserfahrung; Leidenschaft und Zärtlichkeit, Trennung, Verlassensein und Schuld sind ebenso vertreten wie Beglückung, erotisches Spiel und scherzhafte Tändelei. Gerade auch mit dieser charakteristischen Vielstimmigkeit gehört Mörike zu den herausragenden Liebeslyrikern deutscher Sprache.

Mörikes lyrisches Werk ist relativ schmal. Es umfaßt etwa 700 Gedichte, von denen Mörike nur knapp die Hälfte veröffentlicht und davon wiederum etwa 250 in seine Gedichtsammlung aufgenommen hat. Die anderen sind zumeist Gelegenheitsgedichte, vorrangig Gedichte an Personen. Das Schreiben solcher Lyrik ist zeittypisch und gehört zur bürgerlichen Geselligkeitskultur des 19. Jahrhunderts. Mörike nutzt die überkommenen Formen dieser Lyrik; zugleich bildet er, vor allem in späteren Jahren, einen besonderen Typus von Gelegenheitslyrik aus. Während in der gängigen Lyrik dieser Art ein besonderes, aus dem Alltag herausgehobenes Ereignis gefeiert wird, schreibt Mörike zudem Gedichte, die eine eher alltägliche Begebenheit begleiten und sie dadurch poetisch auszeichnen. Diese Poetisierung des Alltags durch das Gedicht ist der Versuch, den einzelnen Moment im Ablauf der Zeit hervorzuheben, ihn festzuhalten und poetisch ›aufzuheben‹. So lassen sich diese Gedichte als Reaktion auf spezifische Modernisierungserfahrungen begreifen, als Antwort auf Beschleunigungsprozesse, denen die Erfahrung erfüllter Zeit im Bereich des Privaten poetisch entgegengesetzt wird; die Poetisierung des Alltags im Gedicht ist ein Gegenentwurf zu den Entfremdungserfahrungen der Moderne.

Zu den Grundfiguren der Lyrik Mörikes gehört die Erinnerung. Viele seiner Gedichte, zumal seiner Liebesgedichte, sind in der Situation des Erinnerns gesprochen; es wird ein Zustand des Ungetrenntseins erinnert, den es einstmals gegeben hat oder der als vordem gegeben imaginiert wird. Erinnerung antwortet also auf die Erfahrung von Trennung und Verlust, die in der Erinnerung phantasmatisch aufgehoben wird; das Getrennte erscheint im Gedicht wieder vereint und versöhnt. Der Figur der Erinnerung eignet damit auch eine poetologische Dimension. Das Eingedenken entschwundener Ungeschiedenheit erscheint als Bedingung poetischer Produktion; zugleich stiftet Erinnerung, insofern die frühe Erfahrung poetisch gestaltet wird, die Möglichkeit der Aufhebung von Trennung und also der Versöhnung des Entzweiten. Auffällig ist allerdings, daß in Mörikes Lyrik diese Versöhnung des Geschiedenen immer wieder als Epiphanie, als jäh aufblitzende, damit aber auch wieder entschwindende Einsicht erscheint, die mithin allein im Moment des Gedichts festgehalten ist (»plötzlich, wie es schien, / Erweckt aus einer lieblichen Erinnerung«). Mörike hält am Erbe der klassischen Ästhetik fest, insofern er der Dichtung die Herstellung von Versöhnung zumutet, die freilich der Erfahrung von Trennung und ›Zerrissenheit‹ abgezwungen ist. Er ist aber zugleich darin modern, daß solche Versöhnung allein noch momenthaft, im Augenblick des Sprechens im Gedicht erscheint, Trennung und Verlust mithin gegenwärtig bleiben und das Schöne nur als schon Entschwindendes festgehalten werden kann. Diese Doppelheit, die ihn in literaturhistorischer Perspektive in eine Zwischenstellung rückt, markiert indessen gerade die Eigenständigkeit des Lyrikers Mörike und seine Unverwechselbarkeit. In ihr ist auch seine Selbstgewißheit als Poet begründet, die er bemerkenswert früh erreichte und an der er, jenseits aller Melancholie und Resignation vor allem der späteren Lebensjahre, festgehalten hat. Nicht zuletzt aber begründet gerade auch die in seinen Gedichten noch einmal erreichte, gleichwohl von der Erfahrung der Moderne geprägte ästhetische Versöhnung das fortdauernde Interesse an seiner Lyrik.

Der Autor

Eduard Mörike wurde am 8. September 1804 in Ludwigsburg geboren und starb am 4. Juni 1875 in Stuttgart. Nach dem Besuch des Gymnasiums in Stuttgart und des Niederen theologischen Seminars in Urach studierte er von 1822 bis 1826 am Tübinger Stift Theologie; 1823 kam es zur Begegnung mit Maria Meyer (›Peregrina‹). Nach mehrjähriger Vikariatszeit wurde er 1834 Pfarrer in Cleversulzbach; bereits 1843 ließ er sich aus gesundheitlichen Gründen frühzeitig pensionieren. 1832 erschien sein Roman *Maler Nolten*, 1838 die erste Ausgabe seiner *Gedichte*, die bis 1867 drei weitere Auflagen erlebte. 1851 heiratete er Margarethe Speeth; zusammen mit der Schwester Klara übersiedelte das Ehepaar nach Stuttgart, wo Mörike als Literaturlehrer tätig war. Seit den vierziger Jahren wuchs seine überregionale Bekanntheit. Die 1846 erschienene Verserzählung *Idylle vom Bodensee* war ein literarischer Erfolg; 1853 veröffentlichte er das Märchen *Das Stuttgarter Hutzelmännlein*, in das die *Historie von der schönen Lau* eingebettet ist, 1855 die Novelle *Mozart auf der Reise nach Prag*.

Der Herausgeber

Reiner Wild, geb. 1944. Professor für Neuere deutsche Literaturgeschichte an der Universität Mannheim. Veröffentlichungen zur Literatur-, Geistes- und Sozialgeschichte des 18. Jahrhunderts, zu Goethe, zu Mörike, zur Literatur des 19. und 20. Jahrhunderts, zur Theorie der Literaturwissenschaft und zur Kinder- und Jugendliteratur. Zuletzt erschienen: *Goethes klassische Lyrik*, Verlag J. B. Metzler, Stuttgart–Weimar 1999; *Gustav Regler: Werke. Bd. 3: Die Saat. Roman aus den deutschen Bauern-*

kriegen, Stroemfeld Verlag, Frankfurt a. M.–Basel 2002 (Hg.); *Dennoch leben sie. Verfemte Bücher, verfolgte Autorinnen und Autoren. Zu den Auswirkungen nationalsozialistischer Literaturpolitik*, edition text + kritik, München 2003 (Hg. zus. mit Sabina Becker, Matthias Luserke und Reiner Marx); *Mörike-Handbuch. Leben-Werk-Wirkung*, Verlag J. B. Metzler, Stuttgart–Weimar 2004 (Hg. zus. mit Inge Wild und Ulrich Kittstein).

Textnachweis

Die Textgestalt basiert auf der im Artemis & Winkler Verlag, Düsseldorf–Zürich, erschienenen zweibändigen Ausgabe der Werke Mörikes. Erstausgabe: Eduard Mörike: Sämtliche Werke in zwei Bänden. Nach den Originaldrucken zu Lebzeiten Mörikes und nach den Handschriften. Textredaktion: Jost Perfahl. Mit einem Nachwort von Benno von Wiese. München: Winkler, 1967, 1970. Bd. 1 jetzt 6. Auflage 1997, mit Nachwort, Anmerkungen, Bibliographie und Zeittafel von Helmut Koopmann; Bd. 2 jetzt 3. Auflage 1996, mit Anmerkungen von Helmut Koopmann.

Gedichtüberschriften und -anfänge